COLLECTION FOLIO

Tchinghiz Aïtmatov

Djamilia

*Traduit du kirghiz
par A. Dimitrieva et Louis Aragon
Préface de Louis Aragon*

Denoël

Titre original :

DJAMILIA

© *Tchinghiz Aïtmatov, 1957.*

Pour la traduction française :
© *Éditions Messidor, 1959, 1983.*
© *Éditions Denoël, 1996. Nouvelle édition, 2001.*

Tchinghiz Aïtmatov est né au Kirghizstan en 1928. Après des études à l'Institut agricole, il change d'orientation et se consacre à la traduction en russe d'écrivains kirghiz, puis à son œuvre propre, quelques années à peine après qu'un alphabet eut été composé pour transcrire la langue de son peuple.

*La plus belle
histoire d'amour du monde*

Il y a une nouvelle de Rudyard Kipling qui s'appelle La Plus Belle Histoire du monde : *je restais là, je pouvais avoir douze ans, avec le livre du Mercure de France qui est un recueil d'histoires portant ce titre, celui de la première, on venait de me le donner et je ne pouvais me décider à lire. Je ne pouvais me décider à le lire par son commencement. J'ai lu tout le livre avant d'aborder ce qui légitimait son titre. C'est que je savais bien que ce titre-là était un attrape-nigaud, que cette histoire n'était pas, ne pouvait pas être la plus belle du monde. Et, en effet, elle ne l'était pas. J'en ai toujours voulu à Kipling.*

Alors, sur le point de dire de Djamilia *ce que j'en pense, j'hésite et pourtant, oui, pour moi, c'est la plus belle histoire* d'amour *du monde. C'est pourquoi, contre toute raison, dans un temps arraché à tout ce qui m'accable, j'ai traduit cette histoire, et la voilà dans mes mains, pour l'imprimeur : c'est la plus belle histoire d'amour du monde. Je ne pouvais pas me retenir de le dire. Je ne voulais rien d'autre. On aurait pu l'écrire simplement sur la bande, avec ma signature. Mais je n'ai pas plutôt écrit ces quelques mots,* la plus belle histoire d'amour du monde..., *que j'ai su que je ne pouvais pas me borner à eux.*

J'avais lu dans la revue soviétique Novy Mir *d'août 1958, cette nouvelle traduite du kirghiz. Le nom de l'auteur m'était inconnu. Je me suis renseigné, on m'a dit des choses très simples et qui ne m'éclairent pas. Il s'agit d'un débutant. L'écrivain Tchinghiz Aïtmatov est né le 12 décembre 1928, il n'avait donc pas trente ans quand* Djamilia *a paru. C'est un fils d'employé, du village de Cheker, en Kirghizie. Qu'il ait fait ses études à l'école de Cheker, puis à l'école régionale, et qu'à quinze ans, c'est-à-dire à l'époque où se passe exactement* Djamilia, *l'été de la troisième année de guerre, quand il y avait peu d'hommes au village, il ait été secrétaire du Soviet de son village, voilà qui nous dit peu. En 1946, nous le retrouvons à Djamboul, ville voisine du Kazakhstan, à l'École technique de vétérinaires, puis à l'Institut agricole de Kirghizie d'où il sort en 1953. De cette date à l'heure ou* Djamilia *paraît, Aïtmatov travaille à la ferme expérimentale de l'Institut de recherches scientifiques pour l'élevage du bétail de Kirghizie. C'est depuis 1952 que commencent à voir le jour dans la presse de son pays une série de récits, par quoi il apparaît dans la littérature. Aïtmatov traduit en russe des œuvres d'écrivains kirghiz. Qu'il ait fait un stage de 1956 à 1958 à l'institut Gorki à Moscou, et qu'en 1957, il ait été reçu membre de l'Union des écrivains soviétiques, voilà des renseignements qui sont peut-être indispensables, en tout cas ce sont les seuls que je possède, mais rien de ceci n'explique que quelque part dans l'Asie centrale, un jeune homme, au début de la seconde moitié du vingtième siècle, ait écrit une histoire qui est, je vous le jure, la plus belle histoire d'amour du monde.*

Et voilà qu'ici, dans ce Paris orgueilleux, le Paris de Villon, de Hugo, de Baudelaire, le Paris des Rois et des Révolutions, le Paris séculaire des peintres, où chaque pierre rappelle une histoire ou une légende, où il y a eu tant d'amoureux, que, pour les citer, c'est comme dans la chanson, je ne sais lequel prendre... *dans ce Paris qui a tout vu, tout lu, tout éprouvé, brusquement, ni* Werther, *ni* Bérénice, *ni* Antoine et Cléopâtre, *ni* Manon Lescaut, *ni* L'Éducation sentimentale *ou* Dominique *ne me sont rien, parce que j'ai lu* Djamilia, *plus rien* Roméo et Juliette, *plus rien* Paolo et Francesca, *plus rien* Hernani et doña Sol..., *parce que j'ai rencontré Danüar et Djamilia, dans l'été de la troisième année de la guerre, dans cette nuit d'août 1943, quelque part dans la vallée du Kourkouréou, avec leurs chariots à grains, et l'enfant Seït qui raconte leur histoire.*

Qu'est-ce que nous savons du peuple kirghiz ? Qu'est-ce que nous savons de ce pays qui s'enfonce entre la Chine, le Tadjikistan et le Kazakhstan ? La région où nous entrons avec Djamilia, *où est-elle au juste, à quel point de l'Asie centrale ? Il n'est pas facile sur les cartes qu'on a de trouver la rivière Kourkouréou. À peine, une lettre de Sadyk, le mari de Djamilia, qui est à la guerre, nous donne-t-elle indication, dans ce style oriental, quand il écrit aux siens :* « J'envoie cette lettre par la poste à mes parents vivant au florissant et embaumé Talass... » *Ah ! il s'agit donc de la province nord-ouest de la Kirghizie (Talaskaïa Oblast), dans la région voisine du Kazakhstan, à ces confins de la montagne kirghiz et de la steppe kazakh. Je ne connaîtrai que, de l'*aïl *ou village jusqu'à la gare de l'autre côté du défilé des montagnes d'où sort le Kourkouréou, le chemin que Djamilia, Daniiar et Seït empruntent pour aller à la gare porter le grain, dont on a tant besoin aux armées. Je ne verrai ce côtoiement du Kazakhstan et de la Kirghizie que par une remarque sur le chant de Daniiar,* c'était une chanson des monts et des steppes, tantôt qui s'envolait sonore comme les monts kirghiz et tantôt s'étendait sans entraves comme la steppe kazakh.

Je devinerai que le chemin de fer qui passe non loin de l'aïl de Kourkouréou, mais ne s'arrête qu'à cette gare où s'en vont les chariots à grain au-delà du défilé, est un chemin de fer à voie unique, parce qu'on me dit vers la fin de l'histoire que les amoureux s'en vont vers le croisement, *c'est-à-dire le lieu où un train peut se garer pour laisser passer celui qui vient en sens inverse. Et dans cette steppe, et ces Hauts-Monts, ou ces Monts-Noirs, à part les hommes, il y a les grands troupeaux de chevaux, dont les étalons broutent à l'automne, le bétail qui s'en va l'été sur les hauteurs, moutons et chèvres, et pour les bêtes sauvages, c'est tout à fait par hasard que je surprendrai à un détour de phrase des* outardes décharnées *qui* se sauvaient inquiètes sur leurs longues pattes *quand va éclater l'orage. C'est par hasard aussi que je saurai tardivement, grâce à cet orage-là, de quoi sont faites les yourtes où vivent les Kirghiz :* Battant des ailes comme un oiseau, le feutre arraché à la yourte palpitait...

Et il en va de même des mœurs et du paysage. L'enfant Seït qui parle ici ne va pas monter en chaire et parler ethnologie, ni vous donner un cours de politique. Il est né ici, tout lui est naturel, il n'a pas connu les temps nomades, ils ont dû cesser sans doute deux ou trois ans avant sa naissance, mais la mère installe encore au printemps dans la cour de leur demeure stable la yourte de nomade que le père a faite de ses mains dans sa jeunesse, et elle l'enfume avec du genévrier. On vit dans les conditions du kolkhoze, mais à peine saurai-je qu'il y a un président à ce kolkhoze, parce qu'il interdit de mettre les chevaux à paître dans la luzerne, et un brigadier nommé Orozmat, bien plus décrit par le fait qu'il a perdu une jambe, et marche avec une béquille, que par ses rapports avec la direction qui nous traite de tous les noms parce qu'on n'arrive pas à fournir assez de grains.

Cela se passe pendant la guerre, la Grande Guerre patriotique, et c'est à l'absence des hommes, lourde aux femmes de soldats, à leurs mères que je mesure la réalité de cette guerre lointaine. Si les djiguites, *c'est-à-dire les cavaliers d'élite, à la fois redoutables aux filles et incarnation de l'honneur kirghiz, se sont levés dans un grand bruit d'étriers, les vieilles femmes leur disant adieu appelaient à leur aide l'*esprit de notre héros Manas..., *ce Manas dont la légende n'est pas venue à nous par des manuscrits enluminés, mais dont, de siècle en siècle, dans les monts Tian-Chan, les exploits se sont transmis par la bouche des conteurs, avec la grande trilogie* Manas, Semeteï *et* Seïtek..., *qu'on a commencé seulement de fixer au siècle dernier. Le père de Seït, le matin, avant de se rendre à son travail de charpentier, dit sa prière tirée du Coran, tourné vers La Mecque. Mais c'est tout ce que je saurai de la vie religieuse, qui semble tout à fait oubliée, nous ne rencontrons pas ici de prêtres, de mollahs, comme au Kazakhstan dans l'histoire d'*Abaï *qui vient juste de commencer à paraître chez nous*[1] *ou dans le* Boukhara, *de Sadridine Aïni. Pourtant les mœurs du clan ont subsisté dans l'aïl soviétique, où les anciens des familles, les* aksakals, *doivent d'obligation être nommés dans sa lettre avant la femme même du soldat qui écrit du front. Il n'est jamais question ici de la loi soviétique, mais on se conforme à l'*adat, *la loi de la tribu.*

---

1. La Jeunesse d'Abaï *par Moukhtar Aouézov (Gallimard, collection « Littérature soviétique »).*

L'adat, aux années quarante de ce siècle, maintient la polygamie à l'aïl.

C'est aussi en passant qu'il est mentionné par exemple qu'à l'école, il y a un journal mural, *parce que Seït dessine pour lui. Pourtant tout ici n'est que la lutte de l'ancien et du nouveau. Seulement, et c'est là la grandeur de ce récit, cette lutte nous est ici essentiellement montrée par les âmes, dans les âmes.*

L'étrange réussite de Djamilia, *c'est tout ce que nous apprenons d'un pays inconnu, de la vie des hommes et des femmes encore étroitement liés aux traditions patriarcales des nomades, et déjà sans heurts passés à l'époque soviétique, à ses institutions, nous l'apprenons de l'intérieur, par des êtres à qui tout ceci est naturel, ne demande aucune explication, si bien que le récit y gagne cette extraordinaire aisance de développement, qui manque si fort aux littératures modernes, en mal de reportage, où tout semble écrit sur fiches à l'avance.*

Voilà pour l'atmosphère, dans ces contrées où roule sur les champs et la steppe le perekatipolié, *qu'au bout du compte je crois bien être notre* chardon roulant, *qu'on appelle parfois par une erreur épique de notre peuple le* chardon Roland. *Dans ce pays où poussent les absinthes sauvages, où le vent* mêle la senteur des pommes à ces miels chauds du maïs en fleur, comme un lait qu'on vient de traire et au souffle tiède des fumiers séchés. *Dans ce pays, dont pour parler il faudrait avoir la voix de Daniïar, la voix d'un homme qui a langui de cette terre, d'un homme longuement frustré de cet amour naturel pour son pays.*

Mais voilà où tout change, où tout prend sa vraie couleur. Voilà où commence l'inimitable, ce dont je ne puis rendre compte, n'ayant pas le talent de Seït, dessinateur-né, qui rend aussi bien les images copiées dans ses manuels scolaires (ses camarades ne disent-ils pas que c'est « tout craché » ?) ou Daniiar et Djamilia dans la nuit d'août ? Oh, j'aurais bien voulu les voir, ces dessins de Seït, faits avant toute étude, avec cette naïve audace de l'ignorance, mais où les personnages sont si reconnaissables, si ressemblants ! J'ai bien peur que l'école et l'académie de peinture ne lui gâchent la main, ne lui fassent perdre cette vertu orale dans le dessin et les couleurs, qui devait tenir à la fois du Douanier Rousseau et de l'épopée de Manas, avec cette ingénuité que les peintres des vieilles civilisations épuisées de l'Occident tâchent de réapprendre comme le chemin d'un paradis perdu.

Voilà où se lève l'inestimable. Voilà où l'auteur, comme Daniiar dans la nuit d'août, soudain ouvre devant nous son âme et cette vérité de la vie *qui s'appelle, à Cheker ou Talass comme à Vérone ou à Troie, l'amour.*

Tout homme n'a qu'une vie. Tchinghiz Aïtmatov est encore au début de la sienne. Mais déjà le voici comme s'il avait l'expérience énorme de l'humanité dans son cœur et ses bras. Car ce jeune homme parle de l'amour comme nul autre. O Musset, sois jaloux, mon ami, de cette nuit d'août des confins kirghiz ! Et de celui, à trente ans, qui peut dire qu'il n'a point perdu sa force et sa vie.

Et d'abord, c'est l'amour de la terre, de la vie, au moins semble-t-il. Quand l'oiseau chante ou qu'il se pare de plumes merveilleuses, nous qui passons nous n'entendons que la musique, nous ne voyons que l'harmonie des couleurs. Il a fallu des savants, leurs études, pour que l'on sache que ce chant était celui de l'amour, qu'il s'adressait, comme la beauté des plumes, à l'oiselle cachée, qui écoute, et va venir.

Le récit de Djamilia, *je l'ai dit, c'est un enfant qui nous le fait et pour lui la découverte de ce qui se passe dans l'âme du couple, le drame du couple qui s'ignore encore, c'est aussi la découverte du sentiment même, c'est l'oaristys de l'esprit, tout est pour cet enfant à réinventer et voilà pourquoi il nous montre l'amour, comme un métal très pur, à l'état naissant.*

Comment d'emblée le nommerait-il ? Parfois, *dit-il,* il me semblait que, nous deux Djamilia, nous étions troublés par un seul et semblable sentiment incompréhensible. *Car il assiste à cette naissance, et tout à la fois veut et ne veut pas que Djamilia aime Daniïar, lui qui, selon l'*adat, *doit veiller sur la femme de son frère, sa* djéné. *Car c'est tout le sens du bien et du mal en lui qu'un chant dans la nuit d'août renverse, met en échec à jamais. Il ne sait pas qu'il aime Djamilia, il ne le saura que quand il* l'aura irrémédiablement perdue, et dans son innocence il est le complice de l'amour de Danüar et de Djamilia.

Pour l'instant, il s'interroge sur la nature de l'amour, il ne peut en prendre conscience que par un autre sentiment en lui, le désir d'exprimer pour les autres ce qu'il sent, par le dessin, la peinture. L'amour, pense-t-il, n'est-il pas une inspiration, comme l'inspiration du peintre, du poète ? Et la nuit d'août, pour cet enfant de treize ans, c'est d'abord la révélation de ce qu'il veut être, c'est cela que lui dit le chant de Danüar, le chant d'amour de Danüar à Djamilia...

C'est ou trop dire, ou pas assez. Le livre est là. Une histoire courte, et immense à la fois. Une histoire d'amour où il n'y a pas un mot d'inutile, pas une phrase qui n'ait son écho dans le cœur. Je ne sais si le petit Seït était un peintre naïf, mais celui qui parle par lui, personne ne peut lui donner leçon de son art. Les Kirghiz ne faisaient point de miniatures patientes pour des manuscrits, quand Roustavelli chantait au Caucase ou Arnaud Daniel en Languedoc. L'écriture est chez eux de maîtrise récente, il n'y a pas trente ans qu'ils ont des livres. C'est pourquoi ce chant qui nous vient du florissant et embaumé Talass, ce chant qui dit aussi bien l'automne que l'août, le cri de l'étalon et la terre frémissante, ce chant qui renverse les traditions de l'adat et fait passer le nom de la femme aimée au premier mot de toute lettre, bien avant les frères, le père, la mère et les aksakals, ce chant d'audace qui donne à l'amour le pas sur le mariage de la loi, le devoir de la femme envers son mari soldat, qui bat en brèche

20

l'hypocrisie de l'aïl, et pas de l'aïl seulement, je ne puis le laisser s'élever là-bas, parmi la steppe des absinthes, dans cette grande odeur de la paille où l'on dort si bien quand on est jeune que bien sûr on n'entend pas Djamilia et Danüar y faire l'amour, je ne puis le laisser s'élever ce chant de la nuit kirghiz, sans faire qu'ici, dans notre vieux monde blasé, un écho lui réponde et roule avec les orages et les nuées dire à Tchinghiz Aïtmatov, que jusqu'ici sa voix s'entend, et fait régner cette nuit féerique où l'homme et la femme se reconnaissent, et l'enfant obscurément devine la lumière.

Mon Dieu, comme le monde est encore jeune et beau ! Comme rien n'est épuisé, comme tout peut encore faire battre le cœur des hommes ! Il y a des gens qui veulent s'excuser de vivre avec une musique savante d'où tout ce qui est musique est banni, pour mieux montrer qu'on connaît l'essence de la musique. Il y a des gens qui atteignent à ce point de la science, où la science n'est plus qu'un jeu. Il y a des gens qui s'épuisent à ne pas se ressembler quand ils passent devant un miroir... Et puis voilà que, sur la rivière Kourkouréou, entre la Chine et le Tadjikistan, un garçon qui eût fait, il y a trente ans, un djiguite comme un autre, tourne les yeux vers nous et parle, et l'on n'a plus envie que de se taire et l'écouter.

Merci, mon Dieu à qui je ne crois pas, pour cette nuit d'août à laquelle je crois de toute ma foi dans l'amour.

Paris, le 30 mars 1959
ARAGON

Djamilia

Et me revoilà devant ce petit tableau dans son cadre modeste.

Demain, dès le matin, il me faut aller à l'*aïl*[1] et je regarde le tableau longuement et attentivement, comme s'il allait me dire bon voyage.

Ce tableau-là, je ne l'ai jamais encore envoyé aux expositions. De plus, quand il vient chez moi, de l'aïl, des gens de ma parenté, je m'efforce de le dissimuler. Non qu'il y ait en lui quelque raison de honte, mais c'est loin d'être un exemple d'art. Il est simple, comme simple est la terre qui y est représentée.

Dans la profondeur du tableau, il y a la ligne d'un ciel fané d'automne, le vent, par-dessus une lointaine rangée de montagnes, chasse de rapides petits nuages pie. Au premier plan, d'un

---

1. *Aoul* en kazakh, *aïl* en kirghiz : *village*.

rouge brun, la steppe des absinthes. Et le chemin noir qui n'a guère eu le temps de sécher après les pluies récentes. Sur les bas-côtés, secs, se serrent des arbrisseaux brisés. Le long de l'ornière détrempée viennent s'aligner les traces de deux voyageurs ; plus elles s'enfoncent loin, plus elles sont faibles sur le chemin, et, quant aux voyageurs, on dirait qu'ils n'ont plus qu'un pas à faire pour sortir du cadre. L'un d'eux... mais j'anticipe un peu.

C'était au temps de ma prime jeunesse. On était dans la troisième année de la guerre. Sur les fronts lointains, quelque part devant Koursk et Orel, se battaient nos pères et nos frères, et nous, qui n'avions pas alors nos quinze ans, nous travaillions au kolkhoze. Un travail d'homme, lourd, quotidien, reposait sur nos épaules mal assurées. Le travail était particulièrement dur aux jours de la moisson. Des semaines entières, nous n'étions pas même passés à la maison et nous avions donné le jour et la nuit aux champs, sur l'aire ou en chemin vers la gare où se menait le grain.

Par l'un de ces jours torrides, quand les faucilles, eût-on dit, étaient portées au rouge à force de moissonner, moi, comme je m'en retournais de la gare sur la *britchka*[1] à vide, je me décidai à tourner bride vers la maison.

Tout à côté du gué, sur la colline, là où se termine la rue, il y a deux cours entourées d'une solide clôture de bois. Autour de la propriété s'élèvent des peupliers. Ce sont nos maisons. Nos deux familles vivent en voisinage depuis de lointaines époques. Pour ce qui est de moi, je suis de la Grande Maison ; j'ai deux frères, mes aînés tous deux, tous deux célibataires, tous deux partis pour le front, et il y avait déjà longtemps qu'on était sans nouvelles d'eux.

Mon père, vieux charpentier, dès l'aube faisait sa prière tourné vers La Mecque et sortait dans la cour commune où était l'atelier de charpentier. Il ne rentrait que déjà tard, le soir.

À la maison, il ne restait que ma mère et ma petite sœur.

Dans la demeure voisine, ou, comme on l'appelle à l'aïl, dans la Petite Maison, vivent de proches parents à nous. Je ne saurais dire si c'étaient nos arrière-grands-pères, ou arrière-arrière-grands-pères qui avaient été des frères consanguins, mais je les appelle proches parce que nous vivions comme une seule famille. Il en était déjà ainsi depuis les temps nomades, quand nos aïeux campaient en commun, en

---

1. Le mot de *britchka* désigne en russe la calèche. Mais ici il s'agit d'un chariot à quatre roues, généralement bâché.

commun menaient le bétail. Nous aussi, nous avons conservé cette tradition. Quand il y eut la collectivisation à l'aïl, nos parents construisirent côte à côte. Et pas nous seulement. Mais toute la rue Aralskaïa qui s'étend le long de l'aïl dans l'entre-rivières. Nous étions tous gens d'une même tribu, tous de même race.

Peu après la collectivisation, le patron de la Petite Maison mourut; sa femme restait avec deux fils en bas âge. Suivant l'usage ancien de l'*adat*[1] de la tribu, qu'alors on suivait encore à l'aïl, on ne peut laisser partir ailleurs une veuve avec ses fils, et les nôtres la marièrent à mon père. Compte tenu qu'il était le plus proche parent du défunt, le devoir envers les âmes des ancêtres l'y obligeait. C'est ainsi qu'il y eut chez nous une seconde famille. La Petite Maison était considérée comme un ménage indépendant, avec sa propriété, son bétail, mais, en fait, nous vivions ensemble.

La Petite Maison avait aussi fourni deux fils à l'armée. L'aîné, Sadyk, y partit peu après s'être marié. D'eux, si nous recevions des lettres, c'était à vrai dire à de grands intervalles.

À la Petite Maison, il demeurait la mère que j'appelais *kitchi-apa*, c'est-à-dire mère cadette, et sa bru, la femme de Sadyk.

Toutes deux, du matin au soir, travaillaient

---

1. *Adat :* loi coutumière, variant d'une tribu à l'autre.

au kolkhoze. Ma mère cadette était une brave femme, complaisante, sans méchanceté. Au travail, elle ne se laissait pas distancer par les jeunes, qu'il s'agît de creuser des *aryks*[1] ou une rigole. En un mot, elle tenait le *ketmen*[2] solidement en main. Le destin, comme en récompense, lui avait envoyé une bru travailleuse. Djamilia était le pendant de la mère, infatigable, experte, mais un peu différente de caractère. J'aimais ardemment Djamilia et elle m'aimait. Nous étions devenus des amis, mais pas au point de nous appeler l'un l'autre par nos petits noms. Eussions-nous été de famille différente, je l'aurais, pour sûr, appelée Djamilia, mais je l'appelais *djéné* en tant que femme de mon frère aîné, et elle m'appelait *kitchiné-bala,* c'est-à-dire petit garçon, bien que je ne fusse point petit et que la distance en années entre nous ne fût pas du tout grande. Mais c'est la coutume des aïls. Les brus appellent les frères cadets du mari kitchiné-bala ou mon *kaïni.*

Le ménage des deux maisons était tenu par ma mère. La petite sœur l'aidait; une drôle de fillette, avec des fils entrelacés dans ses petites tresses. Je n'oublierai jamais comme elle travaillait avec zèle en ces jours difficiles. C'était elle qui menait paître au-delà des potagers les agneaux et les veaux des deux maisons, elle qui

---

1. *Aryk :* canal d'irrigation.
2. *Ketmen :* houe.

ramassait du fumier et du bois mort pour qu'il y eût de quoi chauffer la maison. Elle, ma sœurette, avec son petit bout de nez, qui égayait la solitude de la mère, la détournait de la triste pensée de ses fils dont on était sans nouvelles.

C'est à notre mère que notre grande famille était redevable de la bonne entente et de l'aisance à la maison; elle régentait les deux demeures avec pleins pouvoirs; elle était la gardienne du foyer familial. Toute jeunette, elle était entrée dans la famille de nos grands-parents, alors nomades, et par la suite elle avait pieusement vénéré leur mémoire, dirigeant les familles en toute équité. On l'estimait à l'aïl comme la plus remarquable des ménagères, la plus consciencieuse et la plus expérimentée. La mère dirigeait tout à la maison.

Quant à ce qui est de mon père, les habitants de l'aïl, à vrai dire, ne le considéraient pas comme le chef de famille. Il n'était pas rare d'entendre des gens dire, sous un prétexte ou un autre : « Hé, hé ! Tu ferais mieux de ne pas t'adresser à *l'oustak* — c'est ainsi qu'on nomme respectueusement chez nous les gens de métier —, il ne sait que ce qui concerne sa hache, chez eux, c'est la mère aînée qui est à la tête de tout : c'est à elle qu'il faut s'adresser, ce sera plus sûr. »

Il faut dire que moi, malgré ma jeunesse, bien souvent je me mêlais des affaires du ménage.

Cela n'était possible que parce que les frères aînés étaient à la guerre, et l'on m'appelait, le plus souvent par plaisanterie, mais aussi parfois avec sérieux, le *djiguite*[1] des deux familles, leur défenseur et leur nourricier. Je m'en enorgueillissais et le sens de la responsabilité ne me quittait point. La mère, d'autre part, encourageait mon indépendance : il lui plaisait que je m'occupe du ménage, que je sois un débrouillard, et non comme le père, lequel bon an mal an rabotait et sciait.

Et donc, j'arrêtai la britchka près de la maison, à l'ombre du saule, lâchai les rênes et, me dirigeant vers le portail, j'aperçus dans la cour notre brigadier Orozmat. Il était juché sur un cheval, comme toujours avec sa béquille attachée à sa selle ; à côté de lui se tenait la mère, ils discutaient de quelque chose.

En approchant, j'entendis la voix de la mère :

— Pas de ça! Où a-t-on Dieu sait vu qu'une femme ait trimbalé des sacs sur une britchka? Non, mon petit, laisse ma bru en paix. Qu'elle travaille comme elle a toujours travaillé. Déjà comme ça je ne vois pas la lumière du jour. Eh bien, essaye un peu de venir à bout de deux ménages! Heureusement encore que la fillette a grandi... De la semaine, je ne peux pas me redresser ; j'ai les reins brisés, comme si j'avais

---

1. *Djiguite* : écuyer, cavalier d'élite.

foulé le feutre, et voilà-t-il pas le maïs qui se morfond qu'on l'arrose — dit-elle avec emportement, fourrant, ce faisant, le bout de son turban derrière le collet de sa robe. Elle faisait cela d'habitude quand elle était en colère.

— Quelle espèce d'être humain êtes-vous donc ! proférait Orozmat au désespoir, se balançant sur sa selle. — Ah, si j'avais ma jambe, et non pas ce tronçon, est-ce que je serais là à vous supplier ? Ah, ça vaudrait mieux, comme autrefois, de jeter les sacs sur la britchka moi-même, et fouette cocher ! Que ce ne soit pas du travail de femme, je le sais ! Mais où les prendre, les hommes ?... On avait bien décidé de demander des femmes de soldats. Vous, vous refusez votre bru, et nous, la direction nous traite de tous les noms... Les soldats ont besoin de pain et nous, on ne remplit pas le plan. Comment ça peut-il aller ? À quoi cela ressemble-t-il ?

Je m'approchai d'eux, traînant le fouet par terre et, quand le brigadier me remarqua, il se réjouit de façon tout inattendue : apparemment quelque idée lui était venue.

— Bon, vous sortez vos griffes pour votre bru, mais voilà son kaïni — dit-il en me désignant avec joie — lui, il ne permettra à personne de l'approcher. Déjà, vous n'en doutez pas : notre Seït est un brave ! Ces petits gars-là sont nos nourriciers, il n'y a qu'eux pour nous tirer d'affaire.

La mère ne permit pas au brigadier d'achever son discours.

— Oh! À quoi que tu ressembles, chenapan! — se lamenta-t-elle. — Et ces cheveux, ils font des mèches partout... Ce père à nous, il est pas mal non plus; il ne trouve jamais le temps de raser la tête à son fils!

— Eh bien, ça va, que le fiston aille se faire raser la tête chez les vieux aujourd'hui. — Orozmat avait habilement pris le ton de la mère. — Seït, reste aujourd'hui à la maison, sers bien les chevaux, et demain, dès le matin, nous donnerons une britchka à Djamilia. Vous travaillerez tous les deux ensemble. Et gare à toi. Tu répondras d'elle. Ne vous mettez pas la tête à l'envers *baïbitché*[1], Seït ne la laissera pas maltraiter. Et si c'est comme ça, je leur adjoindrai Danïiar. Vous le connaissez bien : c'est un petit sans méchanceté... Bon, celui qui est revenu du front il y a pas longtemps. Comme ça, ils trimbaleront à trois le grain à la gare. Qui donc alors oserait toucher à votre bru? Pas vrai, Seït? Qu'est-ce que tu en penses, toi? Nous voudrions faire de Djamilia une conductrice. Mais la mère n'en tombe pas d'accord. C'est à toi de la convaincre.

La louange du brigadier m'avait flatté et qu'il prît conseil de moi comme d'un homme fait. Aussi me représentai-je sur-le-champ comme

---

1. *Baïbitché* : mère aînée.

cela serait plaisant d'aller à la gare avec Djamilia et, faisant un visage sérieux, je dis à la mère :

— Que veux-tu qu'il lui arrive ? Les loups ne vont pas la bouffer, non ?

Et, comme un charretier expérimenté, crachant à travers mes dents d'un air affairé, je traînai le fouet derrière moi, faisant aller posément mes épaules.

— Ah ! toi alors ! — s'étonna ma mère. Et bien qu'elle s'en réjouît d'une certaine façon, elle se mit à crier d'un air fâché sur l'instant :

— C'est moi qui t'en ferai voir des loups pour savoir d'où qu'il te vient, cet esprit-là !

— Et qui le saurait sinon lui ? Est-ce qu'il n'est pas déjà chez vous le djiguite des deux familles, que vous pouvez en être fière !

Orozmat venait à ma rescousse, regardant la mère sans trop d'assurance, comme si elle allait encore regimber.

Mais la mère ne lui donna pas la réplique, elle se contenta d'un peu baisser la tête et dit avec un lourd soupir :

— Vous parlez d'un djiguite, un gosse encore qui, jour et nuit, s'use au travail. Nos djiguites à nous, pauvres chéris, sont Dieu sait où. Nos demeures sont désertes comme un campement abandonné...

Je m'étais déjà éloigné et n'entendais plus ce que disait encore la mère. En marchant, je cinglai du bâton le coin de la maison, si bien que la poussière s'en éleva et, sans même répondre au sourire de la sœurette qui, le claquant de ses menottes, était en train de modeler du *kiziak*[1] dans la cour, je passai d'un air important sous l'auvent. Là, je m'assis à croupetons et sans hâte me lavai les mains, me versant moi-même l'eau de la cruche.

Puis, entrant dans la pièce, je bus une tasse de lait tourné et, en emportant une seconde sur l'appui de la fenêtre, je me mis à y émietter du pain.

La mère et Orozmat étaient toujours dans la cour, mais déjà ils ne se disputaient plus et menaient une calme conversation à voix basse. Probablement qu'ils parlaient de mes frères. La mère, sans arrêt, essuyait ses yeux enflés avec la manche de sa robe et, hochant la tête d'un air pensif, en réponse aux paroles d'Orozmat, lequel évidemment la consolait, elle regardait d'un œil embrumé quelque part au loin, par-dessus les arbres, comme si elle espérait y apercevoir ses fils.

S'abandonnant à sa mélancolie, la mère, semblait-il, avait consenti aux propositions du brigadier et lui, content d'avoir atteint son but, fouetta le cheval de sa *komtcha*[2] et sortit de la cour d'un amble rapide.

Ni la mère ni moi ne soupçonnions alors, pour sûr, comment tout cela allait finir.

---

1. *Kiziak* : fumier séché dont on se sert pour se chauffer.
2. *Komtcha* : mot tatar pour *nagaïka*.

Je ne doutais pas que Djamilia saurait se débrouiller avec une britchka à deux chevaux. Elle connaissait les chevaux, car Djamilia était fille d'un gardien de chevaux de l'aïl montagnard de Bakaïr. Notre Sadyk aussi était gardien de chevaux. On disait qu'un jour de printemps, aux courses, il n'avait pas pu rattraper Djamilia, qui sait si c'est vrai, mais on racontait qu'après cette humiliation Sadyk l'avait enlevée.

D'autres, toutefois, affirmaient qu'ils s'étaient mariés par amour. Mais, ainsi ou autrement, ils n'avaient vécu ensemble que quatre mois en tout. Là-dessus, la guerre avait commencé et on avait appelé Sadyk à l'armée.

Je ne sais trop comment l'expliquer, peut-être parce que Djamilia dès l'enfance avait, avec son père, mené un troupeau de chevaux — elle était la seule qu'il eût comme fille et comme fils —, mais dans son caractère se manifestaient quelques traits masculins, quelque chose de rude et parfois même de grossier. Et Djamilia travaillait avec énergie, avec une poigne d'homme. Elle savait faire bon ménage avec les voisins, mais, si injustement on lui cherchait chicane, elle n'était en reste avec personne pour ce qui est des injures, et il y eut des cas où elle prit même quelqu'un par les cheveux.

Les voisins, plus d'une fois, étaient venus se plaindre.

— Qu'est-ce que c'est cette bru que vous avez là ? Pas cinq minutes qu'elle a passé le seuil, et qu'est-ce qu'elle vous baratine ! Ni respect, ni pudeur !

— Et justement, c'est bien qu'elle soit comme ça — répondait la mère —, nous avons une bru qui aime à vous dire la vérité dans les yeux. C'est mieux que de faire la cachottière et de vous lancer sournoisement des piques. Les vôtres font les saintes-nitouches et c'est tout juste de ces nitouches-là que se font les œufs pourris : tout propres et lisses au-dehors, et, dedans, à se boucher le nez.

Le père et la mère cadette n'avaient jamais traité Djamilia avec cette sévérité et cet esprit de chicane qui est supposé d'un beau-père et d'une belle-mère. Ils avaient de la bonté pour elle, l'aimaient et ne souhaitaient qu'une chose : qu'elle fût fidèle à Dieu et à son époux.

Je les comprenais : avec quatre fils à l'armée, en Djamilia, seule bru des deux demeures, ils avaient trouvé leur consolation et ils la chérissaient pour cela.

Mais je ne comprenais pas ma mère. Elle n'était pas femme à tout simplement aimer quelqu'un. Ma mère avait un caractère dominateur et sévère. Elle vivait selon ses propres règles et n'y dérogeait jamais. Chaque année, à partir de l'arrivée du printemps, elle installait et enfumait avec du genévrier notre yourte de nomade que le père avait arrangée dès sa jeunesse. Elle nous avait élevés nous aussi dans un sobre amour du travail et le respect des aînés. Elle exigeait de tous les membres de la famille une soumission sans murmure. Et voilà que Djamilia, dès le premier jour qu'elle était arrivée chez nous, s'était avérée tout autre qu'est supposée devoir être une bru. En vérité, elle se montrait respectueuse envers les aînés, les écoutait ; pourtant, parfois, elle ne baissait pas la tête devant eux, mais en revanche ne disait pas de méchancetés en chuchotant, en se détournant comme d'autres jeunes mariées, et disait toujours directement ce qu'elle pensait et ne craignait pas d'affirmer ses opinions. La mère la soutenait souvent, tombant d'accord avec elle, mais toujours elle gardait le dernier mot pour elle-même.

Il me semble que la mère voyait en Djamilia, dans sa droiture et sa véracité, quelqu'un qui était son égale, et rêvait secrètement de la mettre un jour ou l'autre à sa propre place, d'en faire une ménagère aussi dominatrice, une baïbitché comme elle, gardienne du foyer familial.

— Grâce à Allah, ma fille — enseignait la mère à Djamilia —, tu es entrée dans une maison solide, une maison bénie... C'est là ton bonheur. Le bonheur d'une femme, c'est de mettre des enfants au monde et qu'il y ait ce qu'il faut dans la maison. Grâce à Dieu, il te restera tout ce que nous avons gagné, nous, les vieux, car nous ne l'emporterons pas avec nous au tombeau. Seulement, le bonheur, il dure chez qui conserve son honneur et sa conscience. Souviens-t'en ! Respecte-toi !

Mais il y avait pourtant en Djamilia je ne sais quoi qui déconcertait les beaux-parents. Elle était trop ouvertement joyeuse, comme un petit enfant. Parfois, il eût semblé qu'elle se mettait à rire tout à fait sans raison et avec ça si fort, si joyeusement ! Et, quand elle revenait du travail, elle ne rentrait pas, mais courait dans la porte, traversant en sautant l'aryk, et elle se mettait à embrasser et étreindre à propos de rien l'une ou l'autre de ses belles-mères.

Et Djamilia aimait aussi chanter ; elle était toujours à chantonner quelque chose, sans honte devant les aînés. Tout cela, bien sûr, ne correspondait guère à la représentation conventionnelle qu'on se faisait à l'aïl de la conduite d'une bru en famille.

Mais les deux belles-mères se tranquillisaient, se disant qu'avec le temps Djamilia se tasserait : car, dans leur jeunesse, toutes, pas vrai, elles sont comme ça. Et, dans tout l'univers, pour moi, il n'y avait rien de mieux que Djamilia.

Nous étions très gais ensemble. Nous pouvions rire sans l'ombre de raison et nous courir l'un après l'autre dans la cour.

Djamilia était vraiment belle. Élancée, bien faite, avec des cheveux raides tombant droit, de lourdes nattes drues, elle tortillait habilement son foulard blanc, le faisant descendre sur le front un rien de biais, et cela lui allait fort bien et mettait joliment en valeur la peau bronzée de son visage lisse. Quand Djamilia riait, ses yeux d'un noir tirant sur le bleu, en forme d'amande, s'allumaient d'une jeune ardeur, et quand elle se mettait soudain à chanter les couplets salés de l'aïl, dans ses beaux yeux apparaissait un éclair non virginal.

J'avais souvent remarqué que les djiguites, en particulier des soldats du front rentrés chez eux, la reluquaient. Djamilia elle-même aussi aimait plaisanter, mais, en vérité, donnait sur les doigts à qui s'oubliait. Et néanmoins cela m'avait toujours tracassé. J'étais jaloux d'elle, comme les jeunes frères sont jaloux de leurs sœurs, et si j'apercevais autour de Djamilia des jeunes gens, alors je m'efforçais n'importe comment à les gêner. Je me gonflais et les regardais avec une telle méchanceté, que c'était comme si j'avais dit avec mon visage : « Ne faites pas trop les rigolos. C'est la femme de mon frère, et ne croyez pas qu'il n'y ait personne pour prendre sa défense ! »

Dans de tels instants, moi, avec un sans-gêne délibéré, au bon moment comme au mauvais, je me mêlais de la conversation, j'essayais de tourner en dérision ses galants, et quand je n'y arrivais pas, je perdais mon contrôle, et, me faisant gros comme un bœuf, je reniflais.

Les gars se tordaient de rire.

— Oh ! regarde-le donc un peu ! Faut croire qu'elle est sa djéné, c'est-il pas rigolo, et nous qui ne le savions point !

Je me ressaisissais, mais ressentais comme les oreilles me brûlaient traîtreusement et des larmes me venaient aux yeux de l'outrage. Djamilia, ma djéné, me comprenait. Se retenant à grand-peine de rire, elle faisait un visage sérieux.

— Et vous pensiez que les djéné, on les ramasse comme on veut ? — disait-elle, se redressant, aux djiguites. — Peut-être les ramasse-t-on chez vous, chez nous, non ! On s'en va, mon kaïni, et vous adieu !

Et paradant devant eux, Djamilia levait fièrement la tête, d'un air provocant, jouant des épaules, et, partant avec moi, elle souriait en silence.

Et je voyais de la joie et du dépit dans ce sourire. Peut-être pensait-elle alors : « Hé, toi, petit sot ! Si je voulais me laisser aller, qui me retiendrait ? Que toute la famille me surveille, on ne me retiendrait pas ! » Moi, dans de telles occasions, je me taisais avec un sentiment de culpabilité. Oui, j'étais jaloux de Djamilia, je l'idolâtrais, j'étais fier qu'elle fût ma djéné, fier de sa beauté et de son caractère indépendant, libre. Nous deux, nous étions les amis les plus intimes et nous ne nous cachions rien l'un à l'autre.

En ces jours, dans l'aïl, il y avait peu d'hommes. En profitant, quelques gars se conduisaient insolemment avec les femmes et se comportaient envers elles avec dédain : pourquoi, des fois, lambiner avec elles, il n'y a qu'à lever le doigt : n'importe laquelle accourt.

Un jour, à la fenaison, Osmone se mit à importuner Djamilia, c'était un parent éloigné à nous. Il était aussi de ceux qui estimaient que devant eux pas une ne résisterait. Djamilia écarta sa main avec hostilité et se leva de sous la meule, où elle se reposait à l'ombre.

— Fiche-moi la paix ! — grommela-t-elle avec mauvaise humeur et elle se retourna. — Bien que, qu'est-ce qu'on peut encore attendre de vous, vous autres étalons de troupeau.

Osmone, se laissant tomber sous la meule, tordit avec mépris ses lèvres humides.

— Pour les chats, la viande qui pend haut

sur la gaule est puante... Qu'est-ce que tu fais des simagrées, pour sûr, tu en as envie à en crever, et pourtant tu tournes ton nez.

Djamilia se retourna avec brusquerie.

— Peut-être que j'en ai envie ! Seulement c'est là le sort qui nous est échu, et toi, idiot, tu rigoles. Je pourrais être cent ans femme de soldat, mais sur des comme toi je ne veux même pas cracher — dégoûtant ! On verrait bien, s'il n'y avait pas la guerre, qui t'adresserait seulement la parole !

— Eh bien, c'est ce que je dis ! La guerre — et toi tu deviendras enragée sans la kamtcha de ton mari ! — Osmone rigola. — Ah ! la la ! si tu étais ma bonne femme à moi, c'est autre chose que je t'aurais fait chanter.

Djamilia se serait bien jetée sur lui, elle aurait voulu dire quelque chose, mais demeura en silence, comprenant qu'il ne valait pas qu'on eût affaire à lui. Elle le regarda d'un long regard de haine. Puis, crachant avec dégoût, ramassa sa fourche à terre, et se mit en marche.

Je me tenais sur une *mojar*[1] derrière une meule. M'apercevant, Djamilia tourna court de l'autre côté. Elle avait compris dans quel état j'étais. J'avais la sensation que ce n'était pas elle, mais moi, qu'on avait offensé, que c'était précisément moi qu'on avait couvert de honte ! Avec

1. *Mojar :* charrette à deux roues.

une souffrance dans le cœur, je lui fis des reproches :

— Pourquoi est-ce que tu fréquentes des gens comme ça, pourquoi est-ce que tu leur parles ?

Jusqu'au soir même Djamilia alla et vint, maussadement renfrognée, sans me souffler mot, ni sourire comme avant. Quand je lui amenais la mojar, Djamilia, pour ne pas me permettre de parler sur cette affreuse offense, qu'elle cachait en elle-même, d'un élan enfonçait la fourche dans le tas et, d'un coup le soulevant tout entier, le portait devant elle, cachant son visage derrière. Elle jetait bas le foin d'une saccade et tout de suite se précipitait sur un autre tas. La mojar se remplissait rapidement. M'éloignant, je me retournais et voyais comme Djamilia restait debout, abattue, encore une petite minute, s'appuyant sur le manche de la fourche, et rêvant à quelque chose, et puis, se ressaisissant, se remettait à nouveau au travail.

Quand nous eûmes chargé la dernière mojar, Djamilia, comme si elle eût tout oublié au monde, regarda longuement le crépuscule. Làbas, au-delà de la rivière, quelque part au bord de la steppe kazakh, comme la bouche d'un *tandyr*[1] brûlant, flambait langoureusement le soleil vespéral de la moisson. Il s'enfonça lentement

---

1. *Tandyr* : four construit en terre, derrière la maison, avec une bouche ronde, dans laquelle on cuit des galettes.

derrière l'horizon, trempant d'une lueur d'incendie de petits nuages friables sur le ciel et jetant ses derniers miroitements sur la steppe mauve, déjà couverte en ses bas-fonds par le bleu de ténèbres précoces. Djamilia regardait le soleil couchant avec une douce joie exaltée, comme si lui était apparue une vision de conte de fées. Son visage brillait de tendresse, ses lèvres à demi ouvertes souriaient doucement de façon enfantine. Et alors Djamilia, comme répondant à mes reproches informulés, qui en étaient encore à demander à s'échapper de ma langue, se tourna et parla sur le ton d'une conversation continuant entre nous :

— Et toi, tu n'as qu'à ne pas penser à lui, kitchiné-bala, qu'il aille au diable ! Est-ce que c'est même un homme ?... — Djamilia se tut, accompagnant du regard la bordure du soleil en train de s'éteindre, et, soupirant, elle poursuivit pensivement : — Des comme Osmone, comment sauraient-ils ce qu'on a sur le cœur ? Personne ne le sait... Peut-être que pour le comprendre, il n'y a pas d'hommes en ce monde...

Le temps que j'eusse tourné les chevaux, Djamilia avait déjà trouvé moyen d'atteindre en courant les femmes qui travaillaient à quelque distance de nous, et jusqu'à moi parvenaient leurs hautes voix joyeuses. Il était difficile de dire ce qui lui était arrivé — peut-être le cœur s'était-il éclairci en elle quand elle avait regardé le crépuscule, peut-être était-elle simplement devenue plus gaie de ce qu'elle avait bien travaillé. Je m'assis dans la mojar, sur un haut tas de foin, et regardai Djamilia.

Elle avait arraché de sa tête son petit foulard blanc et courait vers une amie par la prairie fauchée qui s'assombrissait, écartant largement les bras. Dans le vent tremblait le bas de sa robe. Et de moi aussi soudain la tristesse s'envola : « Est-ce la peine de penser à ce bavardage d'Osmone ? »

— Oh, oh, allons! — fis-je pour hâter, fouettant les chevaux.

Ce jour-là, comme me l'avait commandé le brigadier, j'avais décidé d'attendre mon père, pour me raser la tête, et en attendant je m'étais mis à écrire une réponse à la lettre de Sadyk. Et, sur ce point aussi, nous avions nos règles à nous : les frères écrivaient leurs lettres au nom du père, le facteur de l'aïl les apportait à la mère, lire les lettres et y répondre était ma tâche. Avant de me mettre à lire, je savais d'avance ce que Sadyk avait écrit. Toutes ses lettres se ressemblaient comme les agneaux dans le troupeau. Sadyk commençait immanquablement par les mots : « Messages concernant ma santé », et puis sans varier déclarait : « J'envoie cette lettre par la poste à mes parents, vivant au florissant et embaumé Talass : à mon cher et bien-aimé père Djoltchoubaï... » Puis venait ma mère, et puis sa mère, et puis déjà nous tous dans un ordre strict. Après quoi suivaient les questions immanquables sur la santé et le bonheur des *aksakals*[1] du clan, des proches parents, et ce n'est que tout à la fin, comme en hâte, que Sadyk ajoutait : « Et aussi j'envoie un salut à ma femme Djamilia... »

Certainement, quand le père et la mère sont en vie, quand prospèrent à l'aïl les aksakals et proches parents, nommer la femme en premier, et d'autant plus écrire une lettre à son nom, est simplement déplacé, même choquant. Il n'y a pas que Sadyk qui le pense, mais tout homme qui se respecte. Et il n'y avait là rien à corriger, c'était déjà tout convenu à l'aïl, et non seulement cela ne soulevait aucune discussion, mais simplement nous n'y réfléchissions pas, d'ailleurs ce n'était pas de cela qu'il s'agissait. C'est que chaque lettre était un événement joyeux, désiré.

La mère me faisait à plusieurs reprises relire la lettre, puis avec un pieux attendrissement la prenait dans ses mains toutes fendillées, et gardait la petite feuille aussi maladroitement qu'un oiseau qui pourrait s'envoler. Remuant avec peine ses doigts raides, elle pliait enfin la lettre en triangle.

— Ah, ah, mes chéris, nous conserverons vos lettres comme un talisman ! — marmottait-elle d'une voix tremblante de larmes. — C'est comme ça qu'on s'informe comment vont là-bas

1. *Aksakal :* mot à mot, barbe blanche. Ancien de l'aïl.

le père, la mère, la famille... Et que voulez-vous qu'il nous arrive ? nous sommes chez nous, à l'aïl. Mais qu'en est-il de vous ? Que vous n'écriviez qu'un seul petit mot, vivant, et c'est tout, on n'a pas besoin de plus...

La mère regardait encore longuement le triangle, puis le cachait dans un petit sac de cuir où on conservait toutes les lettres, et l'enfermait dans le coffre.

Si à ce moment-là Djamilia se trouvait à la maison, alors on lui donnait à elle aussi la lettre à lire. Chaque fois qu'elle prenait le triangle dans sa main, je remarquais combien elle rougissait. Elle lisait à part elle, avidement, parcourant des yeux en hâte les lignes. Mais plus elle approchait de la fin, plus bas baissaient ses épaules, et le feu à ses joues lentement s'éteignait. Elle fronçait ses sourcils têtus, et, sans lire les dernières lignes, rendait la lettre à la mère avec une aussi froide indifférence que si elle eût rendu quelque chose d'emprunté.

La mère, apparemment, comprenait à sa manière la disposition d'esprit de sa bru, et s'efforçait de la réconforter.

— Qu'est-ce que tu as ? — disait-elle, fermant le coffre. — Au lieu de te réjouir, te voilà tout abattue. Est-ce qu'il n'y a que toi seule qui aies un mari à l'armée ? Tu n'es pas la seule en peine ; c'est le mal du peuple entier, aussi supporte-le avec le peuple. Tu le crois, qu'il y en a qui ne s'ennuient pas, qui ne languissent pas de leurs hommes à eux... Languis, mais ne le montre pas, cache-le en toi !

Djamilia se taisait. Mais son regard, obstiné, mélancolique, semblait-il, disait : « Vous ne comprenez rien de rien, petite mère ! »

Une lettre de Sadyk arriva cette fois aussi de Saratov. Il était là-bas à l'hôpital. Sadyk écrivait que, si Dieu le veut, il retournerait à la maison en automne pour cause de blessure. Il avait annoncé cela déjà auparavant, et nous nous réjouissions tous de le revoir bientôt.

Toutefois, moi, je n'étais pas resté ce jour-là à la maison, mais j'étais allé sur l'aire. Là-bas, je passais habituellement la nuit. J'avais dételé les chevaux dans la luzerne et je les avais entravés. Le président du kolkhoze n'autorisait pas à faire paître le bétail dans la luzerne, mais pour que mes chevaux soient en bon état, je transgressais l'interdiction. Je connaissais un petit coin retiré dans un bas-fond, et avec ça, de nuit, personne ne pouvait rien distinguer, mais cette fois quand j'eus dételé les chevaux et les y eus conduits, il se trouva que quelqu'un avait déjà mis dans ce champ de luzerne quatre chevaux. Cela m'indigna. Comme j'étais propriétaire d'une britchka à deux chevaux, cela me donnait le droit de m'indigner. Sans me poser de questions, je décidai de chasser les chevaux étrangers quelque part plus loin, afin de donner une leçon à l'impertinent qui avait fait irruption dans mon domaine. Mais soudain, je reconnus les deux chevaux de Danïiar, celui-là même dont ce jour-là avait parlé le brigadier. Me souvenant que le jour suivant nous irions ensemble avec Danïiar conduire le grain à la gare, je laissai ses chevaux en paix et m'en retournai sur l'aire.

Danïiar, comme il se trouva, était là. Il venait juste de finir de graisser les roues de sa britchka et pour l'instant serrait les écrous sur les essieux.

— Daniké, ce sont tes chevaux dans le bas-fond? — demandai-je.

Danïiar lentement tourna la tête.

— Deux sont à moi.

— Et l'autre paire?

— Ce sont ceux de, comment tu l'appelles, Djamilia, je crois, ce sont ses chevaux. Qu'est-ce qu'elle t'est au juste... ta djéné?

— Oui, ma djéné.

— C'est le brigadier lui-même qui les a laissés là, qui a ordonné de les surveiller...

Heureux que je ne les avais pas chassés, ces chevaux!

La nuit vint, la brise du soir, qui venait de la montagne, se calma. Sur l'aire aussi, tout s'apaisa. Danïiar s'étendit près de moi, sous une meule de paille, mais après un peu de temps, il se leva et s'en fut à la rivière. Il s'arrêta, pas loin, au-dessus d'un escarpement, et resta ainsi debout, ses mains derrière son dos et légèrement penchant sa tête sur l'épaule. Il me tournait le dos. Sa longue silhouette anguleuse, comme sculptée à la hache, se distinguait nettement dans la douce lueur lunaire. À ce qu'il semblait, il tendait finement l'oreille au bruit de la rivière, de plus en plus distinct dans la nuit croissante sur les bancs de sable. Ou peut-être écoutait-il encore je ne sais quels sons, pour moi insaisissables, et les frémissements de la nuit : « Voilà encore qu'il a inventé de passer la nuit au bord de la rivière, ce phénomène ! » pensai-je en souriant.

Danïiar avait surgi récemment dans notre aïl. L'autre jour à la fauchaison était accouru un gosse et il avait dit qu'à l'aïl venait d'arriver un soldat blessé, et qui et quoi, il n'en savait rien. Oh, ce que cela avait été ! C'est qu'à l'aïl cela se passait comme ça : que quelque soldat du front arrivât, alors tous jusqu'au dernier, et vieux et petits, couraient en bloc regarder l'arrivant, lui serrer la main, demander s'il n'avait pas vu des proches, écouter les nouvelles. Alors il se faisait un bruit inimaginable, chacun faisait des conjectures : peut-être est-ce notre frère qui est revenu, et peut-être le père de notre beau-fils ? Là-dessus les faucheurs galopaient savoir de quoi il s'agissait.

Il arrivait que Danïiar était d'origine un paysan de chez nous, issu de l'aïl. On racontait que dans l'enfance il était resté orphelin, qu'il avait traîné trois ans de maison en maison, et puis il était parti chez les Kazahk de la steppe de Tchakmaksk, ses parents par la ligne maternelle. Il n'y avait pas de proches parents pour faire revenir le petit garçon, aussi l'avait-on oublié. Quand on lui demandait comment il avait vécu après avoir quitté la maison, Danïiar répondait de façon évasive. Et cependant, on pouvait comprendre qu'il avait avec usure eu sa coupe d'amertume, à satiété connu son sort d'orphelin. La vie avait chassé Danïiar comme du *perekati-polié*[1], par diverses contrées. Il avait longtemps mené paître les brebis sur les terrains salifères de Tchakmaksk, et adolescent avait creusé des canaux dans les déserts, travaillé dans de nouveaux sovkhozes de coton, puis aux mines d'Angrens près de Tachkent, et de là, il était parti pour l'armée.

Le retour de Danïiar à l'aïl natal, les gens le saluaient avec approbation : « Il a eu beau errer dans des régions étrangères, il est revenu, c'est-à-dire, m'est avis, boire l'eau de l'aryk natal. Et c'est qu'il n'a pas oublié sa langue, à peine si parfois il dit des mots kazakh, sans quoi, il parle correctement... »

---

1. Plante des steppes, dont les fleurs se détachent et roulent sur la terre. Suivant les auteurs, il s'agit d'une gypsophile à tête blanche ou du panicaut, que nous appelons *chardon roulant*.

« Toulpar[1] de cent lieues retrouvait son troupeau. À qui donc sa patrie n'est-elle pas chère, cher son peuple ! C'est un brave celui qui revient. Et nous sommes contents, et les âmes de tes ancêtres. Voilà, Dieu veuille que nous vainquions le Germain et nous vivrons en paix, et toi, comme les autres, tu te monteras une famille, et chez toi s'élèvera ta petite fumée au-dessus du foyer ! » disaient les vieux aksakals.

Se rappelant les ancêtres de Danïiar, ils établirent exactement de quel clan il était. C'est ainsi que dans notre aïl apparut un « nouveau parent », Danïiar.

Et voici que le brigadier Orozmat nous avait amené à la fauchaison un haut soldat un peu voûté, boitillant sur la jambe gauche. Sa capote jetée sur l'épaule, il marchait avec brusquerie, essayant de ne pas se laisser distancer par l'amble sautillant de la jument trapue d'Orozmat. Et lui-même, le brigadier, à côté du long Danïiar, avec sa petite taille et sa mobilité, rappelait en quelque chose l'inquiet courlis de rivière.

Même que cela fit rire les gosses.

La jambe blessée de Danïiar, alors encore pas tout à fait cicatrisée, ne pliait pas au genou, c'est pourquoi il ne pouvait faire un faucheur, et on nous l'avait affecté, avec nous, les gosses, à la faucheuse.

1. Coursier légendaire.

Je le dirai honnêtement, il ne nous plaisait guère. Avant tout, son caractère fermé ne nous mettait pas à notre aise. Danïiar parlait peu, et s'il parlait on sentait qu'il pensait au même moment à quelque chose d'autre, en marge, qu'il avait je ne sais quelles pensées à lui et on ne comprenait pas s'il vous voyait ou ne vous voyait pas, bien qu'il vous regardât droit dans les yeux de ses yeux pensifs et rêveurs.

— Le pauvre type, faut croire qu'il ne peut toujours pas reprendre ses esprits, après le front ! — disait-on de lui.

Mais l'intéressant était, qu'avec cette rêverie permanente Danïiar travaillait vite, avec précision, et à le voir on aurait pu penser qu'il était un homme ouvert et sociable. Peut-être que sa dure enfance d'orphelin lui avait appris à cacher ses sentiments et ses pensées, que c'était elle qui avait formé en lui cette réserve ? Peut-être bien.

Les lèvres minces de Danïiar avec leurs petites rides marquées aux coins étaient toujours étroitement serrées, ses yeux regardaient tristement, calmement, et seuls les sourcils souples et mobiles avivaient son visage amaigri, toujours fatigué. Parfois, il dressait l'oreille, comme s'il avait perçu quelque chose qui ne parvenait pas aux autres, et alors ses sourcils s'envolaient et ses yeux s'enflammaient d'un incompréhensible enthousiasme. Et puis il souriait longuement et se réjouissait on ne sait de quoi. À nous, tout cela semblait étrange. Et pas ça seulement, il avait encore d'autres bizarreries. Le soir, nous dételions les chevaux, nous nous réunissions au *chalach*[1] et nous attendions que la cuisinière eût cuit la nourriture, mais Danïiar escaladait la « butte de sentinelle[2] » et y demeurait jusqu'à la nuit tombée.

— Qu'est-ce qu'il fait là-bas, il a été mis de garde ou quoi ? — disions-nous, riant.

Un jour, moi aussi, par curiosité, je grimpai derrière Danïiar sur la butte. Il semblait qu'il n'y eût là rien de particulier. Alentour s'étalait largement la steppe aux abords de la montagne chargée de ténèbres lilas. Les champs sombres, confus, fondaient, semblait-il, lentement dans le silence.

Danïiar n'avait même pas prêté attention à ma venue ; il était assis, les genoux entre ses bras, et regardait quelque part devant lui d'un regard pensif, mais clair.

Et à nouveau, il me sembla qu'il prêtait attentivement l'oreille à je ne sais quels sons qui ne parvenaient point à mon ouïe. Parfois il dressait l'oreille et retenait sa respiration, les yeux largement ouverts. Quelque chose lui pesait et

1. *Chalach :* hutte.
2. Hauteur d'où l'on embrasse tous les environs. Ce nom était resté chez les Kirghiz du temps de leur vie nomade.

il me semblait qu'il allait se lever et ouvrir son âme, mais non point devant moi — moi qu'il ne remarquait pas —, mais devant quelque chose d'immense, d'inappréciable, d'inconnu pour moi et puis, je le regardai et ne le reconnus plus : Daniiar était assis, abattu, et indolent, comme si tout simplement il se reposait après le travail.

Les prés à faucher de notre kolkhoze sont répartis sur les propriétés dans les terres inondables de la rivière Kourkouréou. Non loin de nous, le Kourkouréou sortait d'un défilé et s'en allait par la vallée en un courant violent, indomptable. L'époque des moissons, c'est l'époque des pleines eaux pour les rivières de montagnes.

À partir du soir, l'eau commençait à croître, trouble, écumeuse. À minuit, j'étais réveillé dans le chalach par le puissant tremblement de la rivière. Une nuit bleue, déposée, plongeait dans le chalach le regard de ses étoiles, un vent froid s'abattait par rafales, la terre dormait, et seule, semblait-il, la rivière déchaînée s'avançait sur nous, menaçante. Bien que nous ne nous trouvions pas sur la rive même, la nuit, le voisinage de l'eau était si sensible que la peur involontairement nous tombait dessus : et si soudain l'eau allait emporter, noyer le chalach ? Mes camarades dormaient du sommeil impossible à troubler des faucheurs, mais moi je ne pouvais m'endormir et je sortais au-dehors.

Belle et terrible est la nuit dans les terres inondables du Kourkouréou. Ici et là, les chevaux entravés font des taches noires sur la prairie. Ils se sont repus à satiété sur l'herbe humide de rosée et, maintenant, de temps en temps, s'ébrouant, ils s'assoupissent légèrement. Et à côté, courbant un petit saule mouillé durement fouetté, accourant sur la rive, le Kourkouréou roule sourdement des pierres. La rivière sans répit emplit la nuit d'un bruit frénétique, terrible. C'était angoissant. Effrayant.

Dans de telles nuits, Danïiar me revenait toujours en mémoire. Il passait la nuit d'habitude parmi les tas de foin, sur la rive même. Comment n'avait-il pas peur ? Comment se pouvait-il qu'il ne fût pas assourdi par le bruit de la rivière ? Dormait-il ou pas ? Pourquoi passait-il la nuit tout seul sur le bord de la rivière ? Qu'y trouvait-il d'intéressant ? C'était un homme étrange qui n'appartenait pas à ce monde-ci. Où était-il pour l'heure ? Je regardais alentour, personne en vue. Les rives s'en allaient au loin, en petits mamelons à pente douce, les crêtes des montagnes transparaissaient à travers l'obscurité. Là-bas, dans les hauteurs, c'était calme et étoilé.

On aurait pensé qu'il était temps pour Danïiar de se faire des amis à l'aïl. Mais il restait comme auparavant, solitaire, comme si le concept d'amitié ou d'inimitié, de sympathie ou d'envie, lui demeurait étranger.

Et c'est qu'à l'aïl le djiguite est en vue qui a l'air de pouvoir se défendre, lui et les autres, d'être capable de faire le bien, mais aussi d'occasionner parfois le mal, d'en faire à son gré, tenant tête aux aksakals dans les festins et repas funéraires : c'est là un genre d'homme que les femmes aussi remarquent.

Mais si un homme du genre de Daniiar se tient à l'écart, sans se mêler aux affaires quotidiennes de l'aïl, alors les uns ne le remarquent simplement point, et les autres disent avec condescendance :

— Il n'est ni utile ni nuisible à personne ; il vit, le pauvre diable, il vivote n'importe comme. Eh bien, pourquoi pas...

Un tel homme, en règle générale, devient objet de moqueries ou de pitié. Et nous autres, les adolescents, qui avons toujours envie de paraître plus que notre âge, afin d'aller de pair avec les vrais djiguites, nous nous moquions constamment de Daniiar, si pas en face de lui, du moins entre nous.

Nous nous moquions même du fait qu'il lavait lui-même sa chemise militaire[1] dans la rivière.

---

1. *Guimnastirka* : mot que le dictionnaire traduit fallacieusement par vareuse. Il s'agit d'une chemise militaire de laine, généralement kaki, à col montant, avec des poches, qu'on porte sur le pantalon, avec une ceinture. Pour les facilités de la lecture, je l'appellerai à partir d'ici simplement *chemise*.

Il la nettoyait et la revêtait encore pas séchée : il n'en avait pas d'autre.

Mais le drôle de l'affaire, c'est que si tranquille et pas méchant qu'eût l'air Danïiar, nous ne nous décidions pas à le traiter sans façon, et pas parce qu'il était notre aîné — dites donc, pour trois ou quatre ans de différence, nous ne faisions pas de cérémonies et nous disions tu à des gens comme ça —, et pas parce qu'il était bourru, qu'il fît l'important, ce qui parfois inspire une sorte d'estime, non. Il se cachait quelque chose d'inaccessible dans sa rêverie silencieuse et morose, et cela nous retenait, nous qui étions prêts à nous moquer de n'importe qui.

Peut-être bien que certaine affaire jouait son rôle dans la retenue que nous gardions à son égard. J'étais un petit garçon très curieux et souvent j'importunais les gens de mes questions ; et interroger les soldats du front tournait chez moi à la passion.

Quand Danïiar avait surgi chez nous, pendant la fenaison, je me mis de mon mieux à chercher l'occasion propice pour tirer quelque chose de ce nouveau soldat du front.

Or, ce soir-là, nous étions assis après le travail, auprès d'un brasier. Nous avions mangé et nous reposions tranquillement.

— Daniké, raconte un peu la guerre avant qu'on aille se coucher ? — demandai-je.

Danïiar tout d'abord continua de se taire et

eut même l'air de le prendre mal. Il regarda longuement le feu, puis leva la tête et jeta un œil sur nous.

— La guerre, tu dis ? — interrogea-t-il, et, comme répondant à sa propre pensée, il ajouta sourdement : — non ! Vaut mieux pour vous ne rien savoir de la guerre !

Puis il se détourna, saisit une brassée de mauvaises herbes séchées et, la jetant dans le brasier, se mit à souffler sur le feu sans regarder personne d'entre nous.

Daniiar n'en dit pas plus. Mais rien que de cette courte phrase prononcée il était devenu clair qu'on ne pouvait pas, tout simplement, comme ça, parler de la guerre, qu'on n'en tirerait pas un conte de fées pour s'endormir. La guerre s'était coagulée comme du sang dans le fond de ce cœur d'homme et en faire des récits n'est pas facile. J'avais honte devant moi-même. Et plus jamais je ne questionnai Daniiar sur la guerre.

Mais ce n'était pas seulement avec ça qu'il pouvait conquérir l'estime. Ce soir-là s'oublia aussi vite qu'à l'aïl tomba l'intérêt touchant Daniiar même. Son insociabilité et sa réserve n'éveillaient chez les gens que de l'indifférence ou simplement un sentiment de pitié.

— Il est sans toit, le pauvre petit, — disait-on de lui. — C'est déjà bien beau de se nourrir au kolkhoze, sans quoi il ne lui resterait plus qu'à tendre la main... Si tranquille, pas méchant... Un véritable agneau !

Peu à peu les gens s'accoutumèrent à l'étrange caractère de Danïiar et puis en général ils avaient cessé de lui prêter attention. Peut-être bien que c'est ainsi qu'il en doit être : si un homme ne se fait remarquer par rien, alors peu à peu on l'oublie.

Le jour suivant, de bon matin, nous deux Danïiar, nous amenions les chevaux sur l'aire, et juste à ce moment Djamilia y arrivait aussi. De loin encore, nous apercevant, elle cria :

— Oï, kitchiné-bala, allons, ramène-moi mes chevaux ! Et où sont-ils mes harnais ? — et comme si toute la vie elle avait été conductrice de chevaux, elle se mit d'un air affairé à inspecter sa britchka, vérifiant à coups de pied si les moyeux étaient bien ajustés.

Quand nous deux Danïiar, nous approchâmes à cheval, notre aspect lui sembla rigolo. Les longues jambes maigres de Danïiar plantées dans les bottes de grosse toile semblaient tout juste prêtes à lui glisser des pieds avec leurs tiges avachies, et moi, je stimulais le cheval avec des talons nus, tannés à en être noirs.

— Eh bien, ça comme couple !

Djamilia secouait joyeusement la tête et, sans lambiner, elle se mit à nous commander :

— Un peu plus d'énergie, qu'on ait passé la steppe avant la chaleur !

Elle saisit les chevaux par les brides, les amena avec assurance à la britchka et se mit à les atteler et pendant qu'elle les attelait elle-même, elle ne me demanda qu'une fois de lui montrer comment disposer les rênes. Elle ne porta pas plus d'attention à Danïiar que s'il n'avait pas été du tout à côté.

L'esprit de décision, et même une provocante confiance en soi de la part de Djamilia, faisaient, d'évidence, la stupéfaction de Danïiar. Avec hostilité, mais en même temps avec une certaine exaltation secrète, il la regardait, serrant les lèvres, sur son quant-à-soi. Quand, en silence, il eut enlevé un sac de grain de la bascule et qu'il l'eut placé sur la britchka, Djamilia s'en prit à lui :

— Qu'est-ce que c'est, alors chacun va comme ça se donner du mal de son côté ? Non, l'ami, ça ne marche pas comme ça. Allons, donne la main par ici, hé, kitchiné-bala, qu'est-ce que tu es là à bayer aux corneilles ? Grimpe sur la britchka, entasse les sacs.

Djamilia elle-même avait saisi la main de Danïiar et quand ils eurent ensemble sur leurs mains croisées soulevé le sac, lui, le pauvre diable, il rougit de confusion. Et par la suite, à chaque fois, quand ils soulevaient les sacs, se serrant fortement les mains l'un l'autre et avec les têtes qui se touchaient presque, je voyais comme Danïiar était mis à la torture, comme il se mordait intensément les lèvres, comme il s'efforçait de ne pas regarder Djamilia directement, et Djamilia malgré cela, elle, semblait-il, ne remarquait même pas son coéquipier, toute à échanger des plaisanteries avec la peseuse.

Puis, quand les britchkas furent chargées et que nous eûmes pris les rênes en main, Djamilia, clignant de l'œil avec malice, dit à travers des rires :

— Hé, toi, comment déjà, Danïiar, c'est ça ? Tu as pourtant tout l'air d'un homme. Ouvre donc la marche !

Danïiar, toujours silencieux, fit d'un coup démarrer sa britchka. « Oh, toi, alors le pas de chance, quel genre de type tu es, avec tout ça toujours effarouché ! » pensai-je.

Nous avions un long chemin à faire : vingt kilomètres de steppe, puis à travers le défilé jusqu'à la gare. Il y avait un point de bon : tout le chemin et jusqu'au bout, la route descend tout le temps ; ce n'est pas pénible pour les chevaux.

Le long de la berge du Kourkouréou, notre aïl, qui portait le nom de la rivière, s'étendait sur les pentes des Hauts-Monts et arrivait jusqu'aux Mont-Noirs mêmes. Tant qu'on n'entrait pas dans le défilé, l'aïl avec ses bouquets d'arbres se dessinant demeurait toujours en vue. En un jour nous ne réussissions à faire qu'un seul voyage. Nous partions le matin, mais n'arrivions à la gare qu'après midi.

Le soleil brûlait sans miséricorde et il y avait cohue à la gare. Impossible de passer : des britchkas, des mojars avec des sacs, surgissant de toute la vallée, ânes et bœufs chargés venus des lointains kolkhozes des montagnes, des gamins les amenaient et des femmes de soldats, noircies, dans des vêtements brûlés de soleil, avec des pieds nus, déchirés sur les pierres et des lèvres fendillées jusqu'au sang de chaleur et de poussière.

Aux portes du *zagotzerno*[1] pendait une laize où on lisait : « Chaque épi de blé — pour le front ! » Dans la cour, c'était un tohu-bohu, une bousculade, les cris de conducteurs de bêtes. Tout près, derrière des clôtures basses, manœuvrait une locomotive qui, lâchant des tourbillons serrés de vapeur brûlante, dégageait un mâchefer entêtant. Devant, avec un rugissement assourdissant passaient des trains. Déchirant des pâtes baveuses, avec haine et désespoir, des dromadaires hurlaient, se refusant à s'arracher du sol.

Au centre de réception, sous un toit de fer surchauffé, il y avait des montagnes de grain. Il fallait, par un escalier de planches, porter les sacs tout en haut, jusque sous le toit même. Il y avait une épaisse touffeur de blé, la poussière vous coupait la respiration.

---

1. Abréviation soviétique, point de stockage des grains.

— Hé toi, le gars, gare à toi ! — hurle d'en bas le réceptionnaire avec ses yeux rouges d'insomnie. — Porte en haut, tout en haut ! — Il menace du poing et éclate en jurons.

Mais qu'est-ce qu'il a à vous engueuler ? Car nous le savons sans ça, où porter, et y portons. Car, ce blé, nous le portons sur nos épaules du champ même, où femmes, vieillards et enfants l'ont fait monter du grain et moissonné, où, à cette heure encore, dans cette brûlante période de pointe, le conducteur de la moissonneuse-batteuse se débat à sa machine martyrisée, laquelle a depuis belle lurette fait son temps, où le dos des femmes est perpétuellement courbé sur les faucilles brûlantes, où les petites mains des gosses ramassent soigneusement chaque épi tombé par mégarde.

Ce que les sacs que je portais sur mes épaules étaient lourds, je m'en souviens encore. Des travaux semblables sont l'affaire des hommes les plus vigoureux. Je montais là-haut, balançant sur les planches grinçantes, fléchissantes de l'escalier, serrant hermétiquement entre mes dents le bord du sac, rien que pour le retenir, ne pas le laisser choir. Dans la gorge la poussière grattait, le poids écrasait les reins, on avait des ronds de feu devant les yeux. Et combien de fois, faiblissant à mi-chemin, sentant inexorablement le sac me glisser du dos, j'avais l'envie de le laisser tomber et de rouler à bas avec lui. Mais, par-derrière, il arrivait des gens. Ils avaient des sacs, eux aussi, c'étaient des types de mon âge, des jouvenceaux, mes pareils, ou des femmes soldats, qui avaient des enfants comme moi. Si ce n'avait été la guerre, est-ce qu'on leur aurait jamais permis de porter de tels fardeaux ? Non, je n'avais pas le droit de reculer, quand des femmes exécutaient un travail semblable.

Voilà Djamilia qui marche devant, retroussant sa robe plus haut que les genoux, et je vois comme se tendent les muscles ronds à ses belles jambes bronzées, je vois avec quel effort elle maintient son corps flexible, qui se courbe avec élasticité sous le sac. Parfois seulement Djamilia fait une pause, comme si elle sentait que je faiblis à chaque pas.

— Tiens bon, kitchiné-bala, on n'en a plus long à faire !

Mais sa voix est sans timbre, étranglée.

Quand nous nous en retournions après avoir versé le grain, il arrivait que nous rencontrions Daniiar. Il allait sur l'escalier, boitillant à peine d'un pas fort et mesuré, comme toujours seul et taciturne. Arrivant à notre niveau, Daniiar promenait sur Djamilia un regard triste, ardent, et elle, redressant son dos fatigué, rajustait sa robe fripée. Il la regardait ainsi à chaque fois, comme s'il la voyait pour la première fois, mais Djamilia continuait à ne pas le remarquer.

Oui, c'était déjà l'usage : Djamilia, ou ne lui

prêtait pas la moindre attention, ou elle se moquait de lui. Cela dépendait de son humeur. Par exemple, nous roulions par un chemin, soudain une idée lui vient, et elle me crie : « Aïda, en avant ! » Et, hurlant et faisant tourner le fouet au-dessus de sa tête, elle met les chevaux au galop. Je la suis. Nous dépassons Danïiar, l'abandonnant dans les nuages épais d'une poussière longue à retomber. Bien que cela fût fait par plaisanterie, ce n'est pas tout le monde qui l'aurait supporté. Tandis que Danïiar, apparemment, ne se fâchait point. Nous avions passé devant en coup de vent, et lui regardait avec une sombre admiration Djamilia secouée de rires, debout sur la britchka. Je me retournais. Danïiar la regardait même à travers la poussière. Et il y avait dans son regard un air de bonté, l'air de tout pardonner, mais je devinais encore en lui une nostalgie obstinée, secrète.

Pas plus que les plaisanteries, la pleine indifférence de Djamilia n'était parvenue, fût-ce une seule fois, à faire sortir Danïiar de ses gonds. C'était comme s'il avait juré de tout supporter. Au début, j'avais pitié de lui, et j'avais dit plusieurs fois à Djamilia :

— Pourquoi donc te moques-tu de lui, Djéné, puisqu'il est à ce point sans méchanceté ?

— Ah lui, eh bien ! — dit Djamilia en riant et elle agitait sa main. — Je fais ça tout simplement par plaisanterie, il ne lui arrivera rien, à ce loup-garou !

Et par la suite, moi aussi, je me mis à blaguer et railler Danïiar, ni plus ni moins que Djamilia elle-même. Ses regards obstinés, étranges s'étaient mis à m'inquiéter. Comme il la regardait, quand elle chargeait elle-même un sac sur son épaule ! Et c'était vrai, que dans ce brouhaha, cette bousculade, dans ce remue-ménage forain dans la cour, parmi les gens enroués, s'écrasant, Djamilia sautait aux yeux avec ses mouvements précis, assurés, son allure aisée, comme si tout se passait dans une libre étendue.

Et l'on ne pouvait se retenir de la regarder. Pour enlever un sac de la ridelle de la britchka, Djamilia se haussait, se cambrant, tendait l'épaule, et rejetait la tête en arrière de telle sorte que son beau cou se découvrait, et ses tresses brunies de soleil touchaient presque la terre. Danïiar, comme par hasard, faisait halte, et ensuite il la suivait du regard jusqu'aux portes mêmes. Pour sûr, il croyait le faire sans être remarqué, mais moi je notais tout et cela commençait à ne pas me plaire, et même en quelque sorte cela me choquait dans mes sentiments : c'est que ce Danïiar-là, je ne pouvais en rien le considérer comme digne de Djamilia.

« Imaginez... si même lui, il la regarde, alors que dire des autres ? », cela indignait tout mon être. Et l'égoïsme puéril dont je ne m'étais pas encore affranchi échauffait en moi une jalousie ardente. C'est que les enfants sont toujours jaloux de leurs proches par rapport à des étrangers. Et, en fait de pitié pour Danïiar, j'éprouvais maintenant envers lui un tel sentiment d'hostilité que je me réjouissais méchamment lorsqu'on se moquait de lui.

Mais nos manèges, à Djamilia et moi, prirent fin un jour d'une façon tout à fait affligeante. Parmi les sacs, dans lesquels nous trimbalions le grain, il y en avait un d'énorme, un sac de sept *pouds*[1], fait de grosse toile de laine. Nous le manions d'habitude à deux, ce n'était pas de la force d'un seul. Et voilà qu'un jour, sur l'aire, nous avions décidé de faire une niche à Danïiar. Nous jetâmes cet énorme sac dans sa britchka et nous en entassâmes d'autres par-dessus. Chemin faisant, nous deux Djamilia, nous avions fait un saut dans un village russe au jardin de je ne sais qui, nous y avions cueilli des pommes et nous rigolions tout le long de la route : Djamilia jetait des pommes à Danïiar. Et puis, comme d'habitude, nous l'avons dépassé, soulevant des nuages de poussière. Il ne nous rejoignit qu'après le défilé, au passage à niveau : le chemin était barré. De là, c'est ensemble que nous nous amenâmes à la gare, et il en advint ainsi que nous avions oublié l'histoire de ce fameux sac de sept

---

1. Le *poud* vaut 16,38 kg.

pouds, et que nous ne nous en sommes souvenus qu'alors déjà que s'achevait le déchargement. Djamilia me donna un coup de coude avec espièglerie et cligna de l'œil dans la direction de Danïiar. Il était debout sur la britchka, regardant le sac d'un air de souci et, sans doute, il réfléchissait à comment se comporter avec. Puis il jeta un regard autour de lui et, voyant Djamilia s'étrangler de rire, il rougit d'un rouge foncé : il avait compris de quoi il retournait.

— Serre ton pantalon, ou tu vas le perdre à mi-route ! — cria Djamilia.

Danïiar lança un œil mauvais dans notre direction, et nous n'avions pas eu le temps de nous raviser qu'il avait tiré le sac du fond de la britchka, l'avait mis debout sur le rebord, était sauté à bas, d'une main retenant le sac, et, l'ayant chargé sur son dos, s'était mis en marche. Au début, nous, nous faisions mine de ne rien trouver de particulier à tout cela. Et à plus forte raison les autres n'avaient-ils rien remarqué : c'était un homme qui marche avec son sac, comme tous le font. Mais quand Danïiar atteignit l'escalier, Djamilia le rattrapa.

— Laisse donc, je plaisantais !

— Va-t-en ! — dit-il fort distinctement, et il prit l'escalier.

— Regarde, il le porte ! — marmonna Djamilia comme pour se justifier.

Elle continuait à rire doucement, mais son

rire était devenu pour ainsi dire artificiel, comme si elle s'y fût elle-même forcée.

Nous remarquâmes que Danïiar s'était mis à plus fortement boiter sur sa jambe blessée. Et comment n'y avions-nous pas pensé plus tôt ? Jusqu'à ce jour je ne puis me pardonner cette sotte plaisanterie, car c'était moi, le sot, qui avais inventé la chose !

— Reviens ! — s'écria Djamilia à travers ce rire sans gaieté.

Mais revenir, Danïiar ne le pouvait déjà plus : derrière lui, marchaient d'autres gens.

Je ne me rappelle pas exactement ce qu'il y eut après. Je vis Danïiar, se courbant sous le sac grandissime, sa tête bas penchée et la lèvre mordue. Il allait lentement, levant sa jambe blessée avec prudence. Chaque nouveau pas, selon toute apparence lui causait une souffrance telle qu'il en avait des élancements dans la tête et faisait une pause d'une seconde. Et d'autant plus haut il se portait sur l'escalier, d'autant plus fort il se balançait d'un côté à l'autre. Le sac le faisait osciller. Et, à moi, cela me faisait à ce point peur et honte que j'en avais la gorge sèche. Engourdi d'horreur, je sentais de tout mon être le poids de son fardeau et la douleur intolérable dans sa jambe blessée. Voilà qu'à nouveau il a vacillé, il a branlé de la tête, et dans mes yeux tout s'est mis à tanguer, il s'est fait sombre, la terre s'est dérobée sous le pied.

Je m'éveillais de mon engourdissement quand soudain quelqu'un me serra la main avec force, à m'en briser les os. Je ne reconnus pas sur-le-champ Djamilia. Blanche, blanche, avec d'énormes pupilles dans ses yeux larges ouverts, mais les lèvres qui continuent à tressaillir d'un rire récent. Alors, et plus seulement nous, tous tant qu'ils étaient, coururent, et le réceptionnaire aussi, au pied de l'escalier. Danïiar avait encore fait deux pas, il voulut rectifier le sac sur son dos... et se mit à fléchir lentement sur un genou. Djamilia criait le visage dans ses mains.

— Jette, jette le sac! — hurlait-elle.

Mais Danïiar on ne sait pourquoi ne jetait pas le sac, bien que depuis longtemps il eût pu le renverser de côté, à bas de l'escalier, pour ne pas culbuter ceux qui arrivaient en arrière. À la voix de Djamilia, il s'élança, redressa sa jambe, fit encore un pas, et à nouveau vacilla.

— Mais jette-le donc, fils de chien! — hurla le réceptionnaire.

— Jette! — criaient les gens.

Danïiar cette fois encore s'était redressé.

— Non, il ne le jettera pas! — chuchota quelqu'un d'un ton de conviction.

Et, sembla-t-il, et ceux-là qui le suivaient sur l'escalier, et ceux qui étaient debout en bas, ils comprirent : il ne jetterait pas le sac, à moins de dégringoler en même temps que lui. Un silence mortel s'établit. Derrière le mur, au-dehors, une locomotive siffla de façon saccadée.

Mais Daniiar, vacillant, comme assourdi, s'en allait vers le haut sous le toit de fer brûlant, faisant fléchir les planches de l'escalier. Tous les trois pas, il faisait une pause, perdant l'équilibre, et, de nouveau, ramassant ses forces, il allait plus loin. Ceux qui marchaient derrière lui essayaient de se conformer à sa démarche, et faisaient aussi la pause. Cela vous épuisait les gens, ils étaient à bout de force, mais personne ne s'insurgea, personne ne l'engueula. On eût dit que, liés par une invisible corde, les gens avançaient avec leur charge, comme sur un sentier dangereux, glissant, où la vie de l'un dépend de la vie de l'autre. Dans leur silence solidaire et leur chancellement semblable, il y avait un seul et même rythme pesant. Un pas, encore un pas derrière Daniiar, et encore un pas. Avec quelle compassion, et quelle ardente prière, dans ses dents serrées, le regardait la femme de soldat qui marchait juste après lui ! Elle-même, elle avait les jambes qui titubaient, mais c'était pour lui qu'elle priait.

Il ne restait déjà plus grand-chose, la partie inclinée de l'escalier allait se terminer bientôt. Mais Daniiar, à nouveau, trébucha, sa jambe blessée déjà ne lui obéissant plus. Il va dégringoler tout de suite s'il ne se débarrasse pas du sac.

— Cours! Soutiens-le par-derrière! — me cria Djamilia, et elle-même étendait les bras, désemparée, comme si elle avait pu ainsi aider Daniiar.

Je m'élançai dans l'escalier. Me frayant un chemin entre les gens et les sacs, j'arrivai jusqu'à Daniiar. Il me jeta un regard de dessous son coude. Sur son front humide de sueur, des veines se gonflèrent, des yeux injectés de sang m'incendièrent de colère. Je voulus soutenir le sac.

— Fous le camp! — râla Daniiar d'un ton de menace, et il avança.

Lorsque, respirant avec difficulté, et boitillant, Daniiar arriva en bas, les bras lui pendaient comme des fouets. Tous en silence s'écartèrent devant lui, mais le réceptionnaire ne put se contenir et cria :

— Alors quoi, le gars, t'es devenu fou? Est-ce que je ne suis pas un être humain, est-ce que je ne t'aurais pas autorisé à verser le grain en bas? Pourquoi que tu trimbales des sacs pareils?

— C'est mon affaire, — répondit Daniiar sans élever la voix.

Il cracha de côté et s'en fut à sa britchka. Et nous, nous n'osions pas lever les yeux. Une honte, et cela faisait mal que Daniiar eût pris à cœur à ce point notre sotte plaisanterie.

Toute la nuit, nous roulâmes en silence. Pour Daniiar, c'était de sa nature. Aussi ne pouvions-nous saisir s'il s'était offensé de nous ou s'il avait déjà tout oublié. Mais nous, cela nous pesait, nous avions la conscience au martyre.

Le matin, tandis que nous étions à charger sur l'aire, Djamilia s'empara de ce sac de malheur, mit le pied sur son bord et le déchira avec un craquement.

— Reprends ta camelote ! — Elle lançait le sac aux pieds de la peseuse ahurie. — Et dis au brigadier une autre fois de ne pas nous en refiler des comme ça !

— Mais qu'as-tu ? Qu'est-ce qui te prend ?

— Ça va !

Tout le jour suivant, Danïiar ne manifesta en rien qu'il eût ressenti l'offense, il se tenait comme si de rien n'était, taciturne, sauf qu'il boitillait un peu plus que de coutume, en particulier lorsqu'il portait les sacs. D'évidence, il avait fortement ravivé sa plaie la veille. Et cela, tout le temps, nous remettait en mémoire notre culpabilité devant lui. Mais pourtant, s'il avait ri ou plaisanté, les choses nous auraient été plus légères, cela nous aurait fait oublier notre brouille.

Djamilia aussi s'efforçait de faire mine que rien de particulier ne s'était passé. Faisant la fière, elle riait même, mais, moi, tout le long du jour, je vis bien qu'elle n'était plus elle-même.

Nous rentrâmes tard de la gare. Danïiar allait devant. Et la nuit était une splendeur. Qui ne connaît les nuits d'août avec leurs étoiles lointaines à la fois, et proches, extraordinairement brillantes ! Chaque petite étoile est en vue. En voilà une, comme engivrée sur ses bords, qui n'est que scintillation de petits rayons glacés, du ciel sombre elle regarde notre terre avec un naïf étonnement. Nous roulions dans le défilé, et moi je la regardais là-haut longuement. C'était avec plaisir que les chevaux trottaient vers l'écurie, sous les roues le cailloutis grinçait. Le vent, de la steppe, apportait un amer pollen d'absinthes en fleur, un à peine perceptible aromate d'orge mûre, refroidi ; et tout cela, se mêlant à l'odeur du goudron et des harnais des chevaux en sueur, vous faisait un peu tourner la tête.

D'un côté, au-dessus de la route, on était surplombé par des rochers ombragés couverts d'églantiers ; et de l'autre, loin en dessous, dans les taillis de saules et de petits peupliers sauvages, l'inlassable Kourkouréou faisait son bruit de ressac. Parfois, quelque part en arrière, avec un grondement de part en part, des trains traversaient le pont, et s'éloignant, emportaient longuement derrière eux le langage frappé des roues.

Il était bon de rouler dans la fraîcheur, de regarder l'échine ondulante des chevaux, d'écouter la nuit d'août, de respirer ses odeurs. Djamilia devant moi conduisait sa britchka. Laissant pendre les rênes, elle regardait d'un côté et de l'autre et tout doucement chantait quelque chose. Je compris que notre silence lui pesait. Par une telle nuit, il était impossible de se taire, par une telle nuit, on a l'envie de chanter !

Elle s'était mise à chanter. Elle s'était mise à chanter, peut-être encore aussi parce qu'elle voulait d'une manière ou de l'autre revenir à l'ingénuité première de nos rapports avec Danïiar, elle voulait chasser le sentiment de sa faute envers lui. Sa voix était sonore, moqueuse, et elle chantait les habituelles chansonnettes de l'aïl, du genre : « C'est pour toi que j'agite mon petit mouchoir de soie... » ou bien « Mon chéri s'en va sur une route lointaine... » Elle en savait des masses, de chansonnettes, et elle les chantait avec simplicité et sentiment, que c'était un plaisir de l'écouter. Mais soudain elle interrompit son chant et cria à Danïiar :

— Hé toi, Danïiar, quand tu chanterais quelque chose ! Tu es un djiguite, ou bien quoi ?

— Chante, Djamilia, chante ! — répliqua Danïiar avec confusion, en retenant ses chevaux. — Je t'écoute, j'ai les deux oreilles dressées !

— Et tu crois que nous, quoi donc, on n'en a pas d'oreilles ? Tu ne veux pas, faut croire, alors c'est bon !

Et Djamilia se remit à chanter.

Qui sait pourquoi elle lui avait demandé de chanter ! Peut-être simplement comme ça, et peut-être voulait-elle pousser à la conversation ?

Bref, elle souhaitait parler avec lui, car après un peu de temps elle cria de nouveau :

— Dis donc, Danïiar, est-ce que tu as jamais aimé ?

Et elle se mit à rire.

Danïiar ne répondit rien. Djamilia aussi se tut.

« Pour quelqu'un à qui demander de chanter, c'est trouvé ! » pensai-je en rigolant.

Au ruisseau qui traversait la route, les chevaux, faisant sonner leurs fers sur les humides pierres argentées, ralentirent leur marche. Quand nous eûmes passé le gué, Danïiar fouetta les bêtes, et à l'improviste il se mit à chanter d'une voix hésitante, bondissante au passage des ornières :

> *Blanches et bleues, ô mes montagnes !*
> *Terre des miens, de mes aïeux...*

Il se trouva court soudain, eut une quinte de toux, mais déjà donna les deux vers suivants d'une voix profonde, une voix de poitrine, au vrai légèrement enrouée :

> *Blanches et bleues, ô mes montagnes !*
> *O mon berceau...*

Là, il sécha à nouveau, comme épouvanté de quelque chose, et se tut.

Je me représentais avec vivacité combien il

devait être confus. Mais même dans ce chant timide, saccadé, il y avait je ne sais quoi d'extraordinairement émouvant, et sans doute avait-il une belle voix, mais simplement on ne pouvait croire que ce fût là Danïiar.

— Tu vois! — dis-je, n'y tenant plus.

Et Djamilia même s'exclama :

— Où donc étais-tu avant? Chante donc, chante comme il faut!

En avant, il apparut une éclaircie : c'était l'issue du défilé dans la vallée. Il en soufflait un petit vent. Danïiar reprit son chant. D'abord il était toujours aussi timide, mal assuré, mais peu à peu la voix prit de la force, emplit le défilé, alla éveiller l'écho dans les rochers lointains.

Ce qui me surprenait le plus, c'était la passion, l'ardeur dont était saturée la mélodie même. Je ne savais comment appeler cela, et même aujourd'hui je ne le sais pas encore, ou plus exactement je ne puis distinguer, si c'était seulement la voix ou quelque chose d'autrement important qui sortait du cœur même de l'homme, quelque chose de tel que ce fût capable de tirer d'autrui une semblable émotion, capable d'animer les plus secrètes pensées.

S'il m'était possible, fût-ce dans une mesure quelconque, de reproduire la chanson de Danïiar! En elle, il n'y avait presque pas de mots, elle ouvrait sans mots la grande âme humaine. Ni avant cela, ni depuis, jamais je n'ai entendu chanson pareille : elle ne ressemblait ni aux chansons kazakh, ni aux chansons kirghiz mais il y avait en elle des unes et des autres. La musique de Danïiar comportait en elle toutes les meilleures mélodies des deux peuples frères et les fondait en une seule chanson impossible à répéter. C'était une chanson des monts et des steppes, tantôt qui s'envolait sonore comme les monts kirghiz et tantôt s'étendait sans entrave comme la steppe kazakh.

J'écoutais et n'en revenais pas : « Ainsi voilà comment il est, au bout du compte, ce Danïiar ! Qui eût pu croire ? »

Nous marchions déjà dans la steppe par un chemin foulé, mou, et le chant de Danïiar se développait maintenant avec ampleur, des mélodies toujours nouvelles prenaient la relève l'une de l'autre, avec une surprenante souplesse. Était-il donc si riche ? Que lui était-il arrivé ? Comme s'il n'avait fait qu'attendre son jour, son heure !

Et soudain tout me devint compréhensible, toutes ces étrangetés qui avaient engendré chez les gens et doutes et moqueries : sa tendance à la rêverie, son goût de la solitude, son caractère taciturne. Je comprenais maintenant pourquoi il dépensait des soirs entiers sur la « butte des sentinelles », et pourquoi il demeurait seul la nuit près de la rivière, pourquoi constamment il tendait l'oreille à des sons pour les autres imperceptibles, et pourquoi soudain il avait les yeux qui s'allumaient, et s'envolaient ses sourcils, d'habitude sur la réserve. C'était un homme profondément amoureux. Et amoureux, il l'était, je le sentais bien, pas seulement d'un autre être humain : il s'agissait là de je ne sais quel amour tout autre, d'un énorme amour, de la vie, de la terre. Oui, il cachait en lui cet amour, sa musique, il en vivait. Un homme indifférent n'eût pas pu chanter ainsi, quelle que fût la voix qu'il possédait.

Quand, semblait-il, le dernier écho de la chanson s'éteignait, le nouvel élan palpitant qu'elle prenait semblait réveiller la steppe somnolente. Et celle-ci écoutait avec gratitude le chanteur qui la couvrait des caresses d'un chant familier. Dans un ample courant de rêverie, les blés mûrs, bleus, ondulaient dans l'attente de la moisson, et des taches de lumière d'avant l'aube traversaient les champs en courant. La puissante foule de vieux saules au moulin faisait un frou-frou de feuilles, au-delà du ruisseau achevaient de brûler les feux d'un camp champêtre, et je ne sais qui, comme une ombre, sans bruit gambadait au-dessus de la rive, du côté de l'aïl, tantôt disparaissant dans les jardins, tantôt resurgissant. Le vent apportait de là-bas la senteur des pommes, les miels chauds du maïs en fleur comme un lait qu'on vient de traire, et le souffle tiède des fumiers séchés.

Longuement, s'oubliant lui-même, Danïiar chanta. Se tenant coite, la nuit d'août l'écoutait, charmée. Et jusqu'aux chevaux qui avaient voilà déjà longtemps pris un pas mesuré, comme s'ils avaient craint d'interrompre ce prodige.

Et soudain, sur la note la plus haute, la plus résonnante, Danïiar interrompit sa chanson, et, d'un hululement, il mit ses chevaux au galop. Je croyais que Djamilia allait aussi se précipiter derrière lui, et m'y préparais également, mais elle ne bougea point. Comme elle était assise, la tête penchée sur l'épaule, ainsi demeura-t-elle, comme si elle continuait à prêter l'oreille à des sons qui ne s'étaient pas refroidis, flottant quelque part dans l'air. Danïiar était parti, et nous jusqu'à l'aïl même nous ne prononçâmes pas un mot. Et était-il nécessaire de parler, puisque on ne s'exprime pas toujours, on n'exprime pas tout avec des mots...

À partir de ce jour-là, dans notre vie, il sembla que quelque chose avait changé. Moi, désormais, j'attendais constamment la venue de quelque chose de bon, de désirable. Dès le matin, nous allions charger sur l'aire, nous nous rendions à la gare, et nous étions dans l'impatience d'en partir au plus vite, pour entendre sur le chemin du retour les chansons de Danïiar. Sa voix s'était immiscée en moi, elle me poursuivait à chaque pas : avec elle, dans les matins, je courais à travers le champ de luzerne humide, couvert de rosée, vers les chevaux entravés ; et le soleil, riant, roulait de par-derrière les monts à ma rencontre. J'écoutais cette voix ; et dans le doux murmure de la pluie dorée du froment jeté au vent par les vieux vanneurs, et dans le vol plané, tournoyant, d'un milan solitaire par les hauteurs de la steppe — dans tout ce que je voyais et entendais, je croyais entendre la musique de Danïiar.

Et le soir, quand nous roulions à travers le défilé, il me semblait à chaque fois que je me transportais dans un autre monde. Fermant les yeux, j'écoutais Danïiar, et devant moi se dressaient des tableaux étonnamment familiers, qui m'étaient chers depuis l'enfance : tantôt, à cette hauteur où volent les grues au-dessus des yourtes, flottait le campement printanier des tendres nuages d'un bleu brumeux ; tantôt, sur la terre grondante, avec un bruit de sabots et des hennissements, c'étaient des troupeaux de chevaux sur les pâturages d'été, et de jeunes poulains, aux crinières non taillées, un sauvage feu noir dans les yeux, faisaient, fièrement et follement, en avançant, le tour de leurs juments ; tantôt sur les coteaux c'était la calme lave des troupeaux de chèvres ; c'était une cascade qui s'arrachait aux rochers, aveuglant les yeux d'une écume ébouriffée de blancheur ; tantôt, dans la steppe, par-delà la rivière, le soleil mollement descendait dans les regains d'arbrisseaux, et un lointain cavalier, à la crinière de feu, de l'horizon, on eût dit, bondissait derrière lui, pour tendre la main au soleil, et s'embourbait à son tour dans les taillis et les ténèbres.

Elle est vaste au-delà de la rivière, la steppe kazakh. Elle a écarté des deux côtés nos montagnes, et elle s'étend, austère et déserte...

Mais, en l'été mémorable où la guerre avait éclaté, des feux s'étaient mis à brûler par la steppe, des troupeaux de chevaux militaires à l'embrumer d'une poussière chaude, des courriers à bondir de tous côtés. Et je me souviens comme de la rive opposée, d'une voix gutturale de berger, un Kazakh caracolant criait :

— En selle, Kirghiz, voilà l'ennemi ! — et il s'éloignait au galop dans les tourbillons de la poussière et les vagues de brume que faisait la chaleur.

La steppe entière s'était levée, et dans un brouhaha solennel et rude, par la montagne et par la vallée, se portèrent nos premiers régiments de cavalerie. Les étriers sonnèrent par milliers, par milliers les djiguites parcoururent des yeux la steppe ; en avant, à des hampes, ondulaient des drapeaux rouges, en arrière, par-delà la poussière des sabots, la haute plainte affligée des femmes et des mères frappait du front la terre : « Que la steppe vous vienne en aide, que vous vienne en aide l'esprit de notre héros Manas ! »

Là où le peuple partait pour la guerre, demeuraient des sentiers amers...

Et tout cet univers de terrestre beauté et d'angoisses, Danïiar l'ouvrait devant moi dans son chant. Où avait-il appris, de qui tenait-il tout cela ? Je comprenais que seul ainsi peut aimer sa terre, qui de longues années a langui d'elle, qui a souffert pour cet amour-là. Quand il chantait, c'était lui que je voyais, tout petit garçon, vagabondant par les chemins de la steppe.

Peut-être était-ce alors que dans son âme avaient été engendrées ces chansons de la patrie ? Et peut-être était-ce quand il marchait par les verstes de feu de la guerre ?

Lorsque j'écoutais Danïiar, j'avais envie de me jeter sur la terre et de l'étreindre à la façon d'un fils, rien que pour ce fait qu'un être humain pût autant l'aimer. C'est alors que pour la première fois je sentis que quelque chose de nouveau s'était éveillé en moi, quelque chose que je ne savais pas encore nommer, mais quelque chose d'indomptable, et c'était la nécessité de m'exprimer, pas seulement de voir soi-même et de sentir le monde, mais aussi de faire partager aux autres ma vision, ma pensée et mes sentiments, de dire aux gens la beauté de notre terre avec cette ardeur inspirée que savait y apporter Danïiar. Mon cœur s'arrêtait d'une joie et d'une peur inconscientes devant quelque chose d'inconnu. Mais alors je ne comprenais pas encore qu'il allait me falloir prendre en main le pinceau.

J'ai dès l'enfance aimé dessiner. J'avais copié de petits tableaux dans mon livre d'école, et les copains disaient que c'était « tout craché ». Les professeurs à l'école me complimentaient aussi quand j'apportais des dessins pour notre journal mural. Mais, ensuite, la guerre avait commencé, les frères étaient partis pour l'armée, et j'avais abandonné l'école pour travailler au kolkhoze, comme tous ceux de mon âge. J'oubliai couleurs et pinceaux, et ne pensais plus devoir un jour ou l'autre me ressouvenir d'eux. Or les chansons de Danïiar m'avaient mis l'âme à l'envers. Je marchais comme en songe et regardais le monde avec des yeux surpris, comme si je le voyais pour la première fois.

Mais que Djamilia avait soudain changé ! C'était comme s'il n'était rien resté de cette petite rieuse, agressive, à la langue bien pendue ! La tristesse limpide du printemps avait figé ses yeux éteints. En chemin, sans arrêt, elle pensait obstinément à quelque chose. Un sourire troublé, rêveur, errait sur ses lèvres, elle se réjouissait en silence d'on ne sait quoi d'heureux, qu'elle seule connaissait. Il advenait qu'elle jetât un sac sur son épaule, et restât là debout, en proie à une inexplicable timidité, comme s'il y avait eu là juste devant elle un torrent impétueux, et qu'elle ne savait s'il lui fallait aller ou non. Elle s'écartait de Danïiar, elle ne le regardait pas dans les yeux.

Un jour, sur l'aire, Djamila lui dit avec un dépit impuissant, tourmenté :

— Si tu enlevais ta chemise... Vas-y, je la lave !

Et ensuite, après avoir lavé la chemise dans la rivière, elle l'étendit à sécher et s'assit elle-même à côté, et longuement, avec soin, se mit à la lisser de ses paumes, elle en examina au soleil les épaules usées, secoua la tête et se remit à lisser la chemise, tristement, en silence.

Une seule fois de tout ce temps, Djamila se mit à rire d'un rire haut, contagieux et ses yeux étincelèrent comme auparavant. Sur l'aire, en bande bruyante, rappliquaient, chemin faisant, sur leur retour des champs de luzerne, des jeunes femmes, des filles et des djiguites, ex-soldats du front.

— Hé, les péronnelles, il n'y a pas que vous pour manger du pain de froment, servez-en aux autres, et sans ça nous vous jetons à la rivière !
— Et les djiguites par plaisanterie pointaient leurs fourches.

— Nous, on ne nous effraye pas avec des fourches ! Pour des amis, j'en trouverai à servir, mais vous, gagnez votre vie vous-mêmes ! — répliqua Djamilia d'une voix retentissante.

— Si c'est ainsi, vous irez toutes à l'eau !

Et là-dessus, les filles et les garçons s'empoignèrent. Avec des cris, des hurlements, des rires, ils se poussaient l'un l'autre dans l'eau.

— Empoignez-les, allez-y ! — Djamilia riait plus fort que tous, échappant leste et rapide aux assaillants.

Mais l'étrange de l'affaire était que les djiguites n'avaient d'yeux que pour la seule Djamilia. Chacun cherchait à l'attraper, à la serrer contre lui. Voilà-t-il pas que trois gars se sont d'un coup emparés d'elle et l'ont soulevée au-dessus de la rive.

— Un baiser, ou on te fiche à l'eau !
— Vas-y, on la balance !

Djamilia s'échappait, éclatait de rire, renversant la tête, et à travers ses rires elle appelait ses amies à l'aide. Mais les autres couraient sur la rive en désordre, repêchant leurs foulards tombés à l'eau. Dans le rire général des djiguites, Djamilia vola dans l'eau. Elle en sortit, les cheveux trempés et défaits, mais plus belle que jamais. Sa robe d'indienne toute mouillée lui collait au corps, moulant ses fortes hanches rondes, sa poitrine virginale, et elle, qui ne remarquait rien, elle riait, se balançant, et sur son visage enflammé il coulait de petits ruisseaux joyeux.

— Un baiser ! — insistaient les djiguites.

Djamilia leur donnait des baisers, mais pour être à nouveau jetée à l'eau, et à nouveau elle riait, rejetant d'un mouvement de la tête les lourdes mèches de cheveux mouillés. Tous, sur l'aire, suivaient en riant les frasques des jeunes gens. Les vieux vanneurs, laissant tomber leur pelle, s'essuyaient une larme, les rides à leurs visages brunis rayonnaient de joie, retrouvant pour un instant leur jeunesse. Et moi, je riais du fond du cœur, ayant pour cette fois oublié ma jalouse obligation de préserver Djamilia des djiguites.

Le seul Danïiar ne riait point. Je le remarquai par hasard et me tus. Il se tenait droit, seul, à la limite de l'aire, les jambes largement écartées. Il me semblait sur le point de s'élancer, courir et arracher Djamilia aux mains des djiguites. Il la regardait sans discontinuer d'un regard triste, admirateur, dans lequel se croisaient et la joie et la douleur. Oui, et son bonheur et son chagrin résidaient dans la beauté de Djamilia. Quand les djiguites la serraient contre eux, la forçant à donner un baiser à chacun d'eux, il baissait la tête, faisait un mouvement comme pour partir, mais il ne partait point.

Là-dessus, Djamilia aussi le remarqua. Elle interrompit du coup ses rires et baissa les yeux.

— Assez polissonné ! — dit-elle en repoussant à l'improviste les djiguites déchaînés.

Quelqu'un tenta bien encore de l'embrasser.

— Fiche-moi la paix ! — Djamilia avait repoussé le gars, elle releva la tête, jeta un regard fautif du côté de Danïiar et courut dans les buissons tordre sa robe.

Tout ne m'était pas encore clair dans leurs rapports, car, il faut l'avouer, moi, je craignais de réfléchir sur ce sujet. Mais pour quelque raison je ne me sentais plus dans mon assiette quand je remarquais que Djamilia devenait triste du fait qu'elle évitait elle-même Danïiar. Il aurait mieux valu, comme auparavant la voir rire et lui faire des niches. Mais en même temps je ressentais pour eux une joie inexplicable, lorsque nous retournions de nuit à l'aïl, et que nous écoutions le chant de Danïiar.

Dans le défilé, Djamilia roulait avec sa britchka, mais une fois dans la steppe, elle en glissait à bas et allait à pied. Moi aussi, j'allais à pied, c'est mieux comme ça, de marcher sur la route et d'écouter.

D'abord nous marchions chacun à côté de sa propre britchka, mais pas à pas, sans nous en rendre compte nous-mêmes, nous approchions de plus en plus de Danïiar. Je ne sais quelle irrésistible force nous tirait à lui, on avait dans l'obscurité l'envie de discerner l'expression de son visage et de ses yeux : est-ce que c'était bien lui qui chantait, l'insociable, le maussade Danïiar ?

Et, à chaque fois, je notais que Djamilia, émue et bouleversée, lentement lui tendait la main, mais lui ne voyait pas cela, il regardait quelque part, en haut, loin, appuyant sa nuque à sa paume, et il se balançait d'un côté et de l'autre, et la main de Djamilia retombait sans force sur la ridelle de la britchka. Alors elle tressaillait, retirait brusquement sa main et s'arrêtait. Elle demeurait debout au milieu du chemin, abattue, abasourdie, longtemps, longtemps elle le suivait du regard, puis se remettait en marche.

Parfois il me semblait que, nous deux Djamilia, nous étions troublés par un seul et semblable sentiment incompréhensible. Peut-être que ce sentiment avait été longtemps enfermé dans nos âmes, et que maintenant son jour était venu ?

Au travail, Djamilia s'oubliait encore, mais dans les rares minutes où nous nous reposions, alors que nous faisions halte sur l'aire, elle ne tenait pas en place. Elle flânait parmi les vanneurs, se mettait à les aider, jetait haut et fort dans le vent quelques pelletées de froment, puis soudain laissait tomber la pelle et s'en allait vers les meules de paille. Là, elle s'asseyait à la fraîcheur, et, comme craignant la solitude, elle m'appelait :

— Viens par ici, kitchiné-bala, qu'on s'asseye un peu !

J'attendais toujours qu'elle me dise quelque chose d'important, qu'elle m'explique ce qui la troublait. Mais elle ne disait rien. En silence, elle posait ma tête sur ses genoux, regardant quelque part au loin, elle ébouriffait mes cheveux raides, et tendrement me caressait la figure de ses doigts tremblants et chauds. Je la regardais de bas en haut, je regardais ce visage plein de tristesse et de confuse émotion, et il me semblait me reconnaître en elle. Elle aussi, quelque chose la torturait, quelque chose s'amoncelait et mûrissait dans son âme, exigeant une issue. Et elle s'en épouvantait. Elle voulait douloureusement et en même temps douloureusement ne voulait pas s'avouer à elle-même qu'elle était éprise, tout comme moi je désirais et ne désirais pas qu'elle aimât Danïiar. C'est qu'au bout du compte elle était la bru de mes parents, la femme de mon frère.

Mais de telles pensées ne s'introduisaient en moi que pour un clin d'œil. Je les chassais de moi. Alors, pour moi, c'était un plaisir véritable que de voir ses lèvres sensibles puérilement entrouvertes, de voir ses yeux embués de larmes. Qu'elle était belle, qu'elle était jolie, comme son visage respirait la passion, une âme claire! Alors je ne faisais que voir tout cela, mais je ne comprenais pas tout. Aujourd'hui encore, je me pose souvent cette question : peut-être bien, l'amour, est-ce aussi une inspiration, comme l'inspiration du peintre, du poète ? À regarder Djamilia, l'envie me venait de m'enfuir en courant dans la steppe et de jeter des cris, interrogeant ciel et terre, sur ce que je pourrais bien faire, comment vaincre en moi cette inquiétude incompréhensible et cette incompréhensible joie. Et un jour, il faut croire, j'ai trouvé la réponse.

Nous roulions, comme d'habitude, venant de la gare. Déjà la nuit descendait, les étoiles naissaient par poignées dans le ciel, la steppe inclinait au sommeil, et, seule, la chanson de Daniiar rompait le silence, résonnait et s'éteignait dans le doux lointain sombre. Nous deux Djamilia, nous allions à pied derrière lui.

Mais cette fois quelque chose était arrivé à Daniiar : il y avait dans son chant une tendresse si tendre, si pénétrante, un tel sentiment de solitude, que les larmes en emplissaient la gorge de sympathie et de compassion envers lui.

Djamilia allait, penchant la tête, et elle tenait fermement les britchkas par la ridelle. Et quand la voix de Daniiar se remit à prendre de la hauteur, Djamilia secoua la tête, sauta en marche dans la britchka de Daniiar et s'assit à côté de lui. Elle était assise, pétrifiée, posant la main sur son sein. Je marchais à côté, courant légèrement en avant, et je les regardais à la dérobée. Daniiar chantait, semblait-il, sans remarquer Djamilia près de lui. Je vis comme ses mains à elle redescendaient sans force, et comme, se serrant à Danïiar, elle appuyait doucement la tête à son épaule à lui. Rien qu'un instant, comme un à-coup dans l'amble du cheval fouetté, la voix trembla, puis retentit avec une force nouvelle. Il chantait l'amour !

J'étais bouleversé. La steppe semblait avoir soudain fleuri, elle bougea, écarta les ténèbres et, dans cette steppe vaste, j'aperçus deux amoureux. Et eux ne me remarquaient point, tout comme si je n'avais pas existé. Je marchais et les regardais, qui, ayant oublié tout au monde, ensemble se balançaient en mesure avec la chanson. Et je ne les reconnaissais plus. C'était pourtant toujours Danïiar, dans sa chemise de soldat, dégrafée, élimée, mais ses yeux, semblait-il, brûlaient dans l'obscurité. C'était toujours ma Djamilia serrée contre lui, si timide et silencieuse, des pleurs étincelants à ses cils. Ils étaient des êtres nouveaux, merveilleusement heureux. Est-ce que ce n'était pas là le bonheur ? Car tout cet énorme amour de la terre natale qui avait en lui engendré cette musique inspirée, Danïiar lui en avait entièrement fait hommage, c'était pour elle qu'il chantait, il la chantait.

Cette même incompréhensible émotion qui me venait toujours des chansons de Danïiar à nouveau s'empara de moi. Et soudain ce que je voulais me devint clair. Je voulais les peindre.

Je m'effrayai de mes propres pensées. Mais le

désir était plus fort que la peur. Je les peindrai tels que les voilà, heureux ! Oui, tels que les voilà, à cette heure ! Mais le pourrai-je ? J'avais la respiration coupée de peur et de joie. Je marchais dans un oubli doucement enivré. J'étais heureux, moi aussi, parce que je ne savais pas encore combien dans l'avenir ce désir audacieux me réservait de difficultés. Je me disais que la terre, il fallait la voir comme Danïiar la voyait, qu'avec des couleurs c'était la chanson de Danïiar que je raconterais, que j'aurais aussi des montagnes, la steppe, des gens, les herbes, les nuages, les rivières. J'en vins même alors à penser : « Et où je vais les prendre les couleurs ? On n'en donne pas à l'école : ils en ont besoin pour eux-mêmes ! » Comme si toute l'affaire avait résidé seulement en cela.

La chanson de Danïiar s'interrompit inopinément. C'était Djamilia qui l'avait étreint avec frénésie, mais aussitôt elle s'était rejetée en arrière, arrêtée un instant, elle s'était jetée de côté et avait sauté à bas de la britchka. Danïiar, indécis, tira les rênes, les chevaux firent halte. Djamilia était debout sur la route, lui tournant le dos, puis elle leva brusquement la tête, le regarda de profil, et, retenant à peine ses larmes, elle dit :

— Alors qu'est-ce que tu es là à regarder ?
— Et, après un silence, elle ajouta sèchement :
— Ne me regarde pas, continue ton chemin !

— Et elle s'en fut à sa britchka. — Mais toi, qu'est-ce que tu as à me dévisager — elle s'en prenait à moi. — Assieds-toi, prends mes rênes ! Oh, j'en ai, de la peine, avec vous !

« Et qu'est-ce qui lui prend ? » — pensai-je, perplexe, en poussant les chevaux. Ce n'était pas bien malin à deviner : tout ça n'était pas facile pour elle, avec un mari selon la loi, vivant, quelque part dans un hôpital de Saratov. Mais je ne voulais résolument penser à rien de tout ça. Je me fâchais contre elle et contre moi, et peut-être aurais-je pris Djamilia en grippe, si j'avais appris que Daniïar ne chanterait plus, qu'il ne m'arriverait plus jamais d'entendre sa voix.

Une fatigue mortelle me brisait le corps, j'aurais voulu au plus vite arriver à destination et me jeter sur la paille. L'échine des chevaux au trot ondulait dans l'obscurité, la britchka vous secouait intolérablement, les rênes vous sautaient des mains.

Sur l'aire, je défis les colliers des chevaux je ne sais trop comme, je les jetai sous la britchka, et, m'étant traîné jusqu'à ma paillasse, j'y tombai. Cette fois, ce fut Daniïar qui alla mettre les chevaux au pâturage.

Mais au matin je m'éveillai avec un sentiment de joie dans l'âme. Je vais peindre Djamilia et Daniïar. Je fermai les yeux et me représentai très précisément Daniïar et Djamilia tels que j'allais les représenter.

Il semblait qu'il n'y eût qu'à prendre le pinceau et les couleurs, et peindre.

Je courus à la rivière et me précipitai vers les chevaux entravés. La froide luzerne mouillée fouettait plaisamment les pieds nus, cela les piquait à leurs pointes gercées, mais cela m'était agréable. Je courais et remarquais au passage ce qui se trafiquait alentour. Le soleil s'étirait en sortant de derrière les montagnes, et vers le soleil s'étirait un tournesol poussé par hasard au-dessus de l'aryk. Des persicaires à tête blanche l'entouraient goulûment, mais lui ne se rendait point, guettait, interceptait entre elles de ses petites langues jaunes les rayons du matin, faisait boire la corbeille serrée, dense, de ses graines. Et voilà le passage à travers l'aryk défoncé par les roues, l'eau qui suinte des ornières. Et voilà l'îlot des lilas qui sort en s'agitant d'une ceinture de menthes odorantes. Je cours sur ma terre aimée, des hirondelles au-dessus de ma tête jouent à qui arrivera la première. Ah, si j'avais des couleurs, pour peindre et le soleil du matin, et les monts d'un bleu blanc, et la luzerne couverte de rosée, et ce sauvageon de tournesol qui a poussé près de l'aryk !

Quand je m'en suis retourné sur l'aire, tout d'un coup mes dispositions à voir tout en rose se sont assombries. C'est que j'avais aperçu une Djamilia morose, les traits tirés. Sûrement qu'elle n'avait pas dormi de cette nuit-là, des ombres foncées s'étendaient sous ses yeux. Elle ne me sourit pas et ne me fit pas la conversation. Mais quand survint le brigadier Orozmat, Djamilia s'approcha de lui et, sans un bonjour, dit :

— Prenez votre britchka ! Vous pourrez m'envoyer où vous voudrez, mais je n'irai plus à la gare.

— Qu'est-ce que tu as, Djamaltaï[1], une mouche t'a piquée, ou quoi ? — dit Orozmat avec un bienveillant étonnement.

— La mouche, les veaux l'ont sous la queue ! Ne cherchez pas à me tirer les vers du nez ! J'ai dit, je ne veux pas, et c'est tout.

Le sourire disparut du visage d'Orozmat.

— Que tu veuilles ou pas, tu porteras le grain ! — Il frappait la terre de sa béquille. — Si quelqu'un t'a offensée, dis-le : je lui casserai ma béquille sur la nuque ! Et si pas, ne fais pas la sotte : c'est le pain du soldat que tu portes, ton propre mari en est ! — Et, tournant les talons, il s'en fut clopinant sur sa béquille.

Djamilia perdit contenance, s'empourpra toute, et ayant jeté un regard du côté de Danïiar, elle soupira doucement. Danïiar se tenait droit, légèrement plus loin, lui tournant le dos et resserrait par à-coups la courroie du collier. Il avait entendu toute la conversation. Djamilia demeura debout encore un peu de temps, tra-

---

1. Forme de politesse de Djamilia.

cassant le fouet dans ses doigts, puis elle eut un geste désespéré de la main et s'en fut à sa britchka.

Ce jour-là, nous revînmes plus tôt que d'habitude. Danïiar avait poussé les chevaux tout le long de la route. Djamilia était sombre et silencieuse. Et je ne pouvais en croire mes yeux devant cette steppe réduite en cendres, noircie. N'était-elle pas tout autre hier? C'était comme si on m'en avait fait un conte de fées, et que le tableau du bonheur n'était pas sorti de ma tête, mettant ma conscience sens dessus dessous. Il me semblait avoir je ne sais comment saisi un des plus éclatants aspects de la vie. Je me le représentais dans tous ses détails et cela suffisait à me bouleverser. Et je ne me calmai pas tant que je n'eus pas chipé à la peseuse une feuille épaisse de papier blanc. Je m'enfuis derrière les meules, le cœur sonnant les cloches dans ma poitrine, et je l'étendis sur une pelle de bois bien rabotée que j'avais subtilisée en route chez les vanneurs.

— Allah me bénisse! — murmurai-je, comme autrefois le père m'ayant pour la première fois juché sur un cheval, et je mis le crayon sur le papier. C'étaient mes premiers coups de crayon encore bien gauches. Mais quand les traits de Danïiar surgirent de la feuille, j'oubliai tout. Déjà il me semblait que la steppe nocturne d'août se posait sur le papier. Il me semblait entendre la chanson de Danïiar et le voir lui-même, la tête renversée et la poitrine découverte, voir Djamilia s'appuyant à son épaule. C'était le premier dessin que je faisais tout seul : voilà la britchka et les voilà tous deux, voilà les rênes, abandonnées sur l'avant-train, les échines des chevaux ondulant dans l'obscurité, et plus loin la steppe, les étoiles lointaines.

Je dessinais avec une telle ivresse que je ne remarquais rien de ce qui m'entourait et je revins à moi quand la voix de quelqu'un retentit au-dessus de moi :

— Qu'est-ce que tu as, tu es devenu sourd, ou quoi ?

C'était Djamilia. Je me sentis déconcerté, je rougis et je ne réussis pas à dissimuler le dessin.

— Les britchkas sont depuis longtemps chargées, voilà toute une heure que nous crions sans résultat ! Qu'est-ce que tu fais là ? Et ça, qu'est-ce que c'est ? — demanda-t-elle et elle prit le dessin. — Hum ! Djamilia avait haussé les épaules d'un air fâché.

J'étais prêt à disparaître sous terre. Djamilia, longuement, longuement, regarda le dessin, puis elle leva sur moi des yeux attristés, humides, et dit doucement :

— Donne-moi ça, kitchiné-bala... Je le garderai en souvenir... — Et, en pliant la feuille en deux, elle l'enfonça dans son sein.

Nous roulions déjà sur la route, et je ne pouvais aucunement rentrer dans mon assiette. Tout cela s'était passé comme en rêve : j'avais peine à croire que j'avais dessiné quelque chose qui ressemblât à ce que j'avais vu. Mais quelque part au fond du cœur, déjà s'élevait une jubilation naïve, une sorte de fierté ; et des rêves, l'un plus que l'autre audacieux, l'un plus que l'autre séduisant, me tournaient la tête. Je voulais déjà peindre une multitude de tableaux divers, mais pas au crayon, avec des couleurs. Et je ne prêtais pas attention au fait que nous roulions très vite. C'était Danïiar qui poussait ainsi les chevaux. Djamilia n'était pas de reste. Elle regardait de côté et d'autre, elle souriait parfois à quelque chose d'un air coupable et touchant. Et moi je souriais : c'était donc qu'elle n'était pas fâchée contre nous deux Danïiar, et si elle le demandait, Danïiar allait chanter aujourd'hui.

Nous parvînmes cette fois à la gare beaucoup plus tôt que de coutume, les chevaux en étaient couverts d'écume. À peine arrêté, Danïiar s'était mis à trimbaler les sacs. À quoi se hâtait-il et que se passait-il en lui, cela était difficile à saisir. Quand les trains passaient, il s'arrêtait et les accompagnait d'un long regard méditatif. Djamilia aussi regardait là-bas, où lui regardait, comme si elle eût essayé de comprendre ce qu'il avait dans l'esprit.

— Viens par ici, il y a un fer qui remue, aide-moi à l'arracher, — dit-elle, en appelant Danïiar.

Quand Danïiar eut arraché le fer du sabot serré entre les genoux, et qu'il se redressa, Djamilia sans élever la voix dit, le regardant dans les yeux :

— Qu'est-ce que tu as, on ne te comprend pas ? Ou il n'y a donc que moi dans ce monde ?

Danïiar détourna les yeux en silence.

— Tu crois que ça m'est facile, à moi ? — soupira Djamilia.

Les sourcils de Danïiar s'envolèrent, il la regarda avec amour et tristesse, et dit quelque chose, mais si bas, que je ne le saisis point, et puis il marcha rapidement à sa britchka, content même, en quelque sorte. Il marchait en caressant le fer. Je le regardais et j'étais perplexe : en quoi les paroles de Djamilia avaient-elles bien pu le réconforter ? Quel réconfort y a-t-il donc à ce qu'un être humain dise avec un pesant soupir : « Tu crois que ça m'est facile à moi ? »

Nous avions déjà terminé le déchargement et nous nous apprêtions à partir, lorsque, dans la cour, arriva un soldat blessé, maigre, une capote usée, un sac pendant derrière les épaules. Quelques minutes auparavant, un train s'était arrêté dans la gare. Le soldat regardait de côté et d'autre, et il cria :

— Il y a quelqu'un de l'aïl Kourkouréou ici ?

— Je suis de Kourkouréou ! — répondis-je, me demandant qui cela pouvait bien être.

— Et toi, frérot, à qui tu appartiens ? — Le soldat allait se diriger vers moi, mais c'est alors qu'il aperçut Djamilia et il se fendit joyeusement d'un sourire.

— Kerim, c'est toi ? — s'exclama Djamilia.

— Oï, Djamilia, petite sœur ! — le soldat s'était élancé vers elle, et il lui serra la paume dans ses deux mains.

Il se trouvait que c'était quelqu'un de son village.

— Voilà qui tombe bien ! C'est comme si j'avais su, je suis descendu ici ! — dit-il tout agité. — C'est que je quitte à peine Sadyk, on était ensemble à l'hôpital, et si Dieu le veut, encore un mois ou deux et il est de retour. Quand nous nous sommes quittés, je lui ai dit : écris une lettre à ta femme, je la porterai... La voilà, à domicile, entière et intacte. — Et Kerim tendait un triangle de papier à Djamilia.

Djamilia saisit la lettre, rougit, puis blêmit et prudemment loucha sur Danïiar. Mais lui se tenait auprès des britchkas, comme naguère sur l'aire, écartant largement les jambes, et avec des yeux pleins de désespoir il regardait Djamilia.

Là-dessus, il y eut des gens qui accoururent de tous les côtés, qui se découvrirent des amis communs avec le soldat, ou des parents, et qui l'inondèrent de questions. Et Djamilia n'avait pas même eu le temps de le remercier de la lettre que, devant elle, avec tapage, passa la britchka de Danïiar, qui s'élança hors de la cour et, sursautant sur les ornières, partit sur la route dans un nuage de poussière.

— Il est devenu fou, ou quoi! — lui criait-on après.

Le soldat, on l'avait déjà emmené quelque part, et, nous deux Djamilia, nous restions toujours là au milieu de la cour et nous regardions s'éloigner les tourbillons de poussière.

— Allons-nous-en, Djéné, — dis-je.

— Va-t'en, roule, laisse-moi seule! — répliqua-t-elle avec amertume.

C'est ainsi que pour la première fois de tout le temps nous roulâmes séparément. Une chaleur suffocante brûlait les lèvres séchées. Une terre lézardée, brûlée, chauffée au blanc tout le jour, semblait-il, maintenant se refroidissait, se couvrant d'une blancheur salée. Et dans un même mirage blanchâtre de sel ondulait au couchant un soleil sans forme, vacillant. Là-bas, au-dessus d'un horizon vague, se rassemblaient des nuages d'orage, d'un rouge orange. Un vent sec parvenait par rafales, blanchissant d'écume le chanfrein des chevaux, et, secouant pesamment les crinières, il s'éloignait, agitait sur les coteaux des balais d'absinthe.

« Il va pleuvoir, non? » pensai-je.

Comme je me sentais mal à l'aise, quelle angoisse m'avait envahi! Je fouettais les chevaux qui cherchaient tout le temps à se mettre au pas. Des outardes décharnées se sauvaient inquiètes sur leurs longues pattes quelque part vers le ravin. Sur la route étaient emportées les feuilles sèches de la bardane du désert, des feuilles comme il n'y en a pas chez nous, lesquelles venaient de quelque part du côté kazakh. Le soleil avait disparu. Pas une âme alentour. Rien que la steppe éreintée de sa journée.

Lorsque j'arrivai sur l'aire, il faisait déjà sombre. Le silence, l'absence de vent. Je hélai Danïiar.

— Il est parti à la rivière, — répondit le gardien.

— Avec cette petite chaleur, ils se sont tous dispersés dans les maisons. D'ailleurs sur l'aire, sans un souffle de vent, il n'y a rien à faire !

Je menai paître les chevaux et décidai de m'en revenir à la rivière, je connaissais l'endroit favori de Danïiar, au-dessus de l'escarpement.

Il était assis tout voûté, la tête sur les genoux, et il écoutait au pied de l'escarpement la rivière grondante. J'aurais voulu aller à lui, l'étreindre et lui dire quelque bonne parole. Mais que pouvais-je lui dire ? Je restai là debout, un petit temps à l'écart, et m'en retournai. Et puis je demeurai longtemps couché sur la paille, je regardais le ciel qui s'obscurcissait de nuées et je songeais : « Pourquoi la vie est-elle à ce point incompréhensible et compliquée ? »

Djamilia n'était toujours pas de retour. Où s'était-elle égarée? Je ne m'endormais pas, même exténué de fatigue. Des éclairs lointains éclataient au-dessus des montagnes, dans la profondeur des nuées.

Quand Daniiar arriva, je ne dormais toujours pas. Il avait erré sans but sur l'aire, jetant de temps en temps un regard sur la route. Et puis il s'était jeté derrière une meule sur la paille à côté de moi. Il allait partir quelque part, maintenant il ne resterait plus à l'aïl! Mais où aller? Seul, sans toit, qui avait besoin de lui? Et ce fut déjà à travers le sommeil que j'entendis le lent tapotement de la britchka qui approchait. Sans doute Djamilia était-elle arrivée...

Je ne me rappelle plus combien de temps j'avais pu dormir, quand soudain contre mon oreille même, dans la paille, bruirent les pas de quelqu'un comme si une aile mouillée m'avait légèrement frôlé à l'épaule. J'ouvris les yeux. C'était Djamilia. Elle arrivait de la rivière dans une robe fraîche qu'elle avait tordue. Djamilia s'arrêta, regarda de tous les côtés avec inquiétude et s'assit auprès de Daniiar.

— Daniiar, je suis venue, je suis venue de moi-même, — dit-elle tout bas.

Le silence régnait alentour, un éclair sans bruit descendit en glissant.

— Tu t'es vexé? Tu t'es beaucoup vexé?

Et à nouveau le silence, il n'y eut qu'une motte

de terre creusée par en dessous qui se détacha dans la rivière avec un faible rejaillissement.

— Est-ce que je suis coupable? Et toi, tu ne l'es pas, coupable...

Au loin, le tonnerre gronda sur les monts. Un éclair illumina le profil de Djamilia. Elle regarda autour d'elle et tomba contre Danïiar. Ses épaules tremblaient convulsivement sous les mains de Danïiar. Sur la paille, elle se coucha à côté de lui. Un vent enflammé accourait de la steppe, il fit tourbillonner la paille, vint heurter la yourte chancelante qui se trouvait à la limite de l'aire, et tourna comme un toton sur la route. Et de nouveau il y eut des signaux bleus dans les nuées, le tonnerre avec une sèche secousse se brisa au-dessus de nos têtes. C'était effrayant et joyeux : l'orage avançait, le dernier orage de l'été.

— Est-il possible que tu aies cru que j'allais te troquer contre lui? — chuchotait ardemment Djamilia. — Non, tout de même, non! Il ne m'a jamais aimée. Il se contentait d'ajouter un salut à la fin de sa lettre, rien de plus. Je n'ai pas besoin de lui avec son amour tardif, qu'on dise ce qu'on voudra! Mon chéri, mon solitaire, je ne te donnerai à personne! Il y a longtemps que je t'aime. Et quand je ne le savais pas, je t'aimais et je t'attendais, et tu es venu, comme si tu savais que je t'attendais!

Des éclairs bleus l'un après l'autre, zigzaguant, s'enfonçaient par-dessus l'escarpement dans la rivière. Sur la paille, d'obliques gouttes de pluie froide bruissèrent.

— Djamilia, mon aimée, ma chérie, Djamaltaï! — murmurait Danïiar, la nommant des plus doux prénoms du kirghiz et du kazakh. — C'est que moi aussi il y a longtemps que je t'aime, je rêvais de toi dans les tranchées, je savais que mon amour était dans ma patrie, c'est toi, ma Djamilia!

— Tourne-toi, laisse-moi te regarder dans les yeux!

L'orage éclata.

Battant des ailes comme un oiseau abattu, le feutre arraché à la yourte palpitait. Par rafales violentes, comme baisant la terre, la pluie tombait à torrents, fouettée de vent par en dessous. De biais, par à travers tout le ciel, le tonnerre roulait en de puissants écroulements. Les flambées éclatantes des éclairs allumaient sur les monts des incendies printaniers de tulipes. Le vent grondait, faisait rage dans le ravin.

La pluie coulait, et moi j'étais couché, enfoui dans la paille, et je sentais comme le cœur me battait sous la main. J'étais heureux. J'avais une sensation comme de sortir au soleil pour la première fois après une maladie. Et la pluie et la lumière des éclairs m'atteignaient sous la paille, mais j'étais bien, et je m'endormais en souriant, et sans comprendre si c'étaient Danïiar et Djamilia qui murmuraient, ou si c'était, s'apaisant, la pluie qui bruissait sur la paille.

Maintenant vont venir les pluies, ce sera vite l'automne. Déjà dans l'air a infusé l'humide odeur automnale d'absinthe et de paille détrempée. Et qu'est-ce qui nous attendait à l'automne ? À cela, je ne sais pourquoi, je ne songeais point.

Cet automne-là, après deux ans d'interruption, je retournai à l'école. Après les leçons, je m'en allais souvent à la rivière, à cet endroit escarpé, et je m'asseyais auprès de ce qui avait été l'aire, maintenant abandonnée et déserte. C'est ici qu'avec des couleurs d'écolier j'avais peint mes premières études. Je n'y réussissais pas complètement, même de mon point de vue d'alors.

« Fichues couleurs ! Ah, si c'étaient de vraies couleurs ! » me disais-je, sans pourtant bien me représenter de quelle sorte elles auraient dû être.

Ce n'est que bien plus tard qu'il m'arriva de voir de véritables couleurs à l'huile dans de petits tubes de plomb.

Couleurs ou pas, toujours est-il que les professeurs avaient sans doute raison : c'est une chose qu'il faut étudier. Mais le temps n'était pas venu de rêver aux études. Comment y songer quand il n'y avait toujours pas de nouvelles des frères, et que la mère pour rien au monde ne m'eût lâché, moi son seul fils, « djiguite et nourricier de deux familles », c'était là un thème que je n'osais aborder. Mais l'automne, comme pour me faire enrager, était d'une beauté particulière, on eût dit qu'il n'y avait qu'à le peindre.

Le Kourkouréou refroidi s'ensabla, une mousse vert foncé et orange poussa sur les blocs erratiques découverts avec les bancs de sable. Un tendre petit saule nu rougit aux gelées précoces, mais les peupliers conservaient encore d'épaisses feuilles jaunes.

Les yourtes des gardiens de chevaux, enfumées, lavées de pluie, noircissaient dans les terrains inondables sur les regains roussis, et au-dessus des orifices fumeux montaient de petits filets bleus odorants. Des étalons efflanqués hennissaient automnalement à pleine voix, les juments se dispersaient, et de maintenant au printemps il ne serait pas facile de les retenir dans les troupeaux. Le bétail, retour des montagnes, vaguait en bandes sur les champs. Le piétinement des sabots laissait des sentes en long et en large à travers la steppe séchée sur pied et brunie.

Bientôt le vent des steppes se mit à souffler, le ciel se brouilla, il vint des pluies froides, annonciatrices de la neige. Un jour où le temps était passable, j'allai à la rivière, tant m'avait tapé dans l'œil un buisson ardent de sorbier de montagne sur un banc de sable. Je m'installai dans la saulaie, pas trop loin du gué. Le soir descendait. Et soudain, j'avais aperçu deux personnes qui, à en juger par tout, avaient traversé la rivière à gué. C'étaient Danïiar et Djamilia. Je ne pouvais détacher les yeux de leurs visages sévères, inquiets. Un sac à effets sur l'épaule, Danïiar marchait avec impétuosité, les pans de sa capote ouverte battaient les tiges de toile de ses bottes éculées. Djamilia s'était entortillé un châle blanc, pour l'instant rabattu sur la nuque, elle avait sur elle sa meilleure robe, une robe multicolore, celle dans laquelle elle aimait faire la belle au marché, et, par-dessus, une jaquette en velours de coton piqué. Elle portait dans une main un petit balluchon, et de l'autre se tenait à la bretelle du sac de Danïiar. Tout en marchant, ils parlaient entre eux de quelque chose.

Voilà qu'ils s'en allaient par un sentier à travers le vallon dans le taillis des arbrisseaux, et je les suivais des yeux et ne savais que faire. Les héler, peut-être? Mais j'avais la langue comme collée au palais.

Les derniers rayons pourpres glissaient sur une rapide kyrielle de nuages pie le long des montagnes, et il se mit soudain à faire sombre. Et Danïiar et Djamilia, sans un regard, s'en allaient du côté du croisement de la voie ferrée. Deux fois encore leurs têtes s'agitèrent dans le taillis d'arbrisseaux et puis elles disparurent.

— Djamilia-a-a ! — criai-je de ce que j'avais de force.

« A-a-a-a ! » répondit un écho sans logis.

— Djamilia-a-a ! — criai-je une fois encore et, perdant la tête, je me mis à courir après eux à travers la rivière, en plein dans l'eau.

Des nuages d'éclaboussures glacées me frappaient au visage, mes vêtements étaient trempés et je continuais à courir, sans trouver le chemin, et soudain, de tout mon élan, je tombai à terre, m'étant accroché à je ne sais quoi. Je demeurai étendu, sans lever la tête, et des larmes m'inondaient le visage. C'était comme si les ténèbres avaient lourdement pesé sur mes épaules. Les souples stipes des arbrisseaux sifflaient avec finesse, avec mélancolie.

— Djamilia ! Djamilia ! — éclatai-je, sanglotant.

Je venais de me séparer des êtres qui m'étaient les plus chers et les plus proches. Et ce n'est qu'à ce moment, gisant à terre, que je compris soudain que j'avais aimé Djamilia. Oui, cela avait été mon premier amour, encore enfant.

Je restai longtemps ainsi, le visage enfoncé dans mon coude mouillé. Je venais de me séparer non seulement de Djamilia et de Danïiar, je venais de me séparer de mon enfance.

Quand j'arrivai chez moi, à bout de forces, dans les ténèbres, il y avait un tumulte dans la cour, les étriers sonnaient, quelqu'un sellait des chevaux, et un Osmone ivre, caracolant sur sa monture, hurlait à pleine gorge :

— Il y a beau temps qu'il aurait fallu le chasser de l'aïl, ce chien trouvé, ce bâtard ! Déshonneur, honte de toute notre race ! Qu'il me tombe entre les pattes, je le tue sur place, et qu'on me juge ! Je ne permettrai pas que le premier vagabond venu nous enlève nos femmes ! Aïda, en selle, djiguites, où voulez-vous donc qu'il se sauve, nous le rattraperons à la gare !

Je devins tout froid : vers où allaient-ils galoper ? Mais, voyant que la poursuite avait pris le grand chemin de la gare, et non celui du croisement, je me faufilai ni vu ni connu dans la maison et m'emmitouflai la tête dans la pelisse paternelle pour que nul ne vît mes larmes.

Que de conversations et de commérages il y

eut à l'aïl! Les femmes condamnaient à qui mieux mieux Djamilia.

— La sotte! Avoir quitté une famille pareille, elle a foulé aux pieds son bonheur! Qu'est-ce qui lui a fait envie, on se le demande? Tout ce qu'il a d'avoir, ce n'est qu'une mauvaise capote et des souliers troués!

— Sûr qu'il n'a pas son enclos plein de bétail! Ce vagabond sans feu ni lieu, ce mendiant, ce qu'il a sur lui, c'est tout ce qu'il a. Ça fait rien, quand la belle se ravisera, il sera trop tard.

— Voilà-t-il pas! Mais en quoi Sadyk n'est-il pas un mari, un maître de maison? Le premier djiguite de l'aïl!

— Et la belle-mère? Ce n'est pas à tout le monde que Dieu donne une belle-mère comme ça! Va un peu en trouver une comme ça, de baï-bitché! Elle a creusé sa propre tombe, la sotte, et pour rien de rien!

Peut-être étais-je le seul à ne pas condamner Djamilia, mon ex-djéné. Qu'il y eût sur Daniiar une vieille capote et des souliers troués, mais ce que je savais bien, moi, c'est que pour l'âme il était plus riche que nous tous. Non, je ne le croyais pas, que Djamilia serait malheureuse avec lui. Il n'y avait que la mère pour qui ça faisait de la peine. Il me semblait qu'avec Djamilia sa force d'autrefois était partie. Elle avait perdu courage, elle s'émaciait, et pour autant qu'aujourd'hui je le comprenne, elle ne pouvait aucunement s'habituer à ce que la vie brise parfois de façon si brusque les vieilles coutumes. Un arbre puissant, si la tempête le déracine, il ne se relève plus. Auparavant, la mère ne demandait à personne de lui enfiler son aiguille, la fierté ne le permettait pas. Et voilà qu'un jour, je reviens de l'école, et qu'est-ce que je vois : les mains de la mère lui tremblent, elle ne voit pas le chas de l'aiguille et elle pleure.

— Alors, enfile-la-moi, cette aiguille! — demanda-t-elle et elle soupira pesamment. — Djamilia est perdue... Ah, quelle maîtresse de maison elle aurait fait pour la famille! Elle est partie... elle nous a répudiés... Et pourquoi est-elle partie? Où est-ce qu'elle était mal chez nous?

J'aurais voulu embrasser, calmer la mère, lui raconter quelle sorte d'homme était Daniiar, mais je n'osais pas, je l'aurais blessée pour toute la vie.

Et néanmoins mon innocente part dans cette histoire cessa d'être secrète...

Bientôt revint Sadyk. Lui, bien sûr, s'en affligeait, bien qu'il dît à Osmone, étant saoul :

— Elle est partie, grand bien lui fasse! Elle crèvera quelque part. De notre vivant, nous ne manquerons pas de femmes. Même une femme à cheveux d'or ne vaut pas le dernier des bons à rien.

— Ça, c'est bien vrai! — répliquait Osmone. — Je regrette seulement qu'alors il ne me soit pas tombé entre les pattes, je l'aurais tué, et c'est tout ! Et elle, par les cheveux à la queue d'un cheval ! Pour sûr, ils ont été dans le sud, ramasser le coton, ou bien ils font les nomades, à la kazakh, celui-là, ce n'est pas la première fois qu'il ferait le vagabond. Mais ce que je n'arrive pas à comprendre, c'est comment tout ça est arrivé, et pour le savoir personne ne le savait, et même l'imaginer, personne ne le pouvait. C'est elle qui a organisé tout, l'infâme, elle-même ! Si je la tenais !...

À écouter de tels discours, comme j'avais envie de dire à Osmone : « Tu ne peux pas oublier comme elle t'a réprimandé aux foins ! L'infâme, c'est toi, bonne âme ! »

Et voilà que j'étais assis comme ça à la maison, dessinant quelque chose pour le journal mural de l'école. La mère s'affairait autour du poêle. Soudain Sadyk fait irruption dans la chambre. Blême, avec des yeux méchamment froncés, il se penche vers moi et me pousse sous le nez une feuille de papier.

— C'est toi qui as dessiné ça ?

J'étais saisi de stupeur. C'était mon premier dessin. Un Danïiar et une Djamilia vivant me regardaient à cet instant.

— C'est moi.

— C'est qui ? — il montrait du doigt sur le papier.

— Danïiar.

— Traître! — me cria Sadyk en plein visage.

Il déchira le dessin en petits morceaux et sortit, claquant la porte avec fracas.

Après un long silence accablant, la mère demanda :

— Tu savais?

— Oui, je savais.

Avec quel air de reproche et de perplexité elle me regardait, appuyée au poêle. Et quand je dis : « Je les dessinerai encore une fois! » elle secoua la tête avec douleur et impuissance.

Et moi, je regardais les bouts de papier, qui se promenaient sur le plancher et un intolérable sentiment de vexation m'étouffait. Qu'ils me considèrent donc comme un traître! Qu'ai-je trahi? La famille? Notre race? Mais je n'ai pas trahi la vérité, la vérité de la vie, la vérité de ces deux êtres humains! Je ne pouvais raconter cela à personne, même ma mère ne m'aurait pas compris.

Dans mes yeux, tout se brouillait, les bouts de papier, semblait-il, tournoyaient sur le plancher comme vivants. Dans ma mémoire s'était à ce point gravé cet instant où Danïiar et Djamilia me regardaient du dessin que soudain je croyais entendre la chanson de Danïiar, celle-là qu'il chantait dans cette mémorable nuit d'août. Je me souvenais comme ils avaient quitté l'aïl, et j'avais intolérablement envie de partir sur la route, de partir, comme eux, avec audace et décision, sur le difficile chemin de la quête du bonheur.

— J'irai étudier... Dis-le au père. Je veux être peintre ! — dis-je fermement à la mère.

J'étais persuadé qu'elle allait se mettre à me faire des reproches et à pleurer, en rappelant les frères tombés à la guerre. Mais, à mon étonnement, elle ne se mit pas à pleurer. Elle se borna à dire tristement et calmement :

— Va-t'en... Vous avez des ailes et vous vous en servez comme il vous plaît... Et d'où saurions-nous si vous allez voler haut ? Peut-être, est-ce vous qui avez raison. Pars donc... Et peut-être là-bas, te raviseras-tu. Ce n'est pas un métier, dessiner et barbouiller... Quand tu auras étudié, tu comprendras... Et n'oublie pas ta maison...

À partir de ce jour, la Petite Maison se sépara de nous. Et moi je partis vite étudier.

Et voilà toute l'histoire.

À l'académie, où l'on m'a envoyé après l'école de peinture, j'ai présenté mon travail de diplôme : c'était un tableau auquel je rêvais depuis longtemps.

Il n'est pas difficile de deviner que sur ce tableau étaient représentés Danïiar et Djamilia. Ils marchent sur un chemin de steppe à l'automne. Devant eux, le lointain vaste, lumineux.

Et tant pis si mon tableau n'est pas parfait, la maîtrise ne vient pas d'un coup, mais il m'est infiniment cher, il est ma première émotion consciente de créer.

Aujourd'hui encore, j'ai des échecs, j'ai de ces

minutes pesantes, où je perds la foi en moi. Et alors, je me tourne vers ce tableau qui m'est cher, vers Danïiar et Djamilia. Longtemps alors je les regarde, et chaque fois je leur fais la conversation.

« Où êtes-vous aujourd'hui, sur quelles routes marchez-vous ? Il y a maintenant beaucoup de chemins nouveaux chez nous dans la steppe, par tout le Kazakhstan jusqu'à l'Altaï et la Sibérie ! Beaucoup de gens audacieux travaillent là-bas. Peut-être, vous aussi, êtes-vous allés dans ces pays ? Tu es partie, ma Djamilia, par la large steppe, sans regarder en arrière. Peut-être es-tu lasse, peut-être as-tu perdu la foi en toi ? Appuie-toi à Danïiar. Qu'il te chante sa chanson sur l'amour, la terre, la vie ! Que la steppe se mette à bouger et à jouer de toutes ses couleurs ! Que tu te souviennes de cette nuit d'août ! Va, Djamilia, ne te repens point, tu as trouvé ton difficile bonheur ! »

Je les regarde et j'entends la voix de Danïiar. Il m'appelle aussi sur la route : cela veut dire qu'il est temps de ramasser ses affaires. J'irai sur la steppe, à mon aïl, j'y trouverai de nouvelles couleurs.

Que dans chacun de mes coups de pinceau résonne le chant de Danïiar ! Que dans chacun de mes coups de pinceau palpite le cœur de Djamilia !

DU MÊME AUTEUR

Aux Éditions Denoël

DJAMILIA, nouvelle édition, 2001 (Folio n° 3897)

*Tous les papiers utilisés pour les ouvrages
des collections Folio sont certifiés
et proviennent des forêts gérées durablement.*

*Impression Novoprint
à Barcelone, le 20 février 2023
Dépôt légal : février 2023
1er dépôt légal dans la collection : août 2003*

ISBN 978-2-07-042620-1 / Imprimé en Espagne

597165